JN191752

夏井いつきの

世界一わかりやすい
俳句の授業

夏井いつき
ITSUKI NATSUI

PHP

俳句を始めると、「退屈」という言葉がなくなる

「俳句って、なんとなく難しそう」

「私にはセンスや才能がないから無理だよ」

「ややこしいルールが、いろいろあるんでしょ」


これらは、俳句経験ゼロの方から、よく聞く言葉です。

ひょっとすると、本書を手に取ってくださったあなたも、俳句に対して、同じような印象を抱(いだ)いているかもしれません。

でも、安心してください。はじめに強くいっておきますが、これらのイメージは大きな間違(まちが)い！　センスや才能がなくても、ちょっとしたコツさえ知っていれば、誰(だれ)でも簡単に作れるのが俳句です。

本書の目的は、まったく俳句をやったことのない、俳句の「は」の字も知らない方に、俳句のおもしろさを伝えること、そして、そんな超初心者の方を、実際に俳句が作れるようにすることです。これまでのどの入門書よりも、わかりやすく、基礎の基礎から、丁寧に学んでいきます。落ちこぼれにはさせません。

俳句を始めると、毎日が楽しくなります。日々起こること、出会うものすべてが「俳句のタネ」になって、人生から「退屈」という言葉がなくなるのです。「暇だ」とか「つまらない」なんて時間は、どこかに吹き飛んでしまいます。

それに、俳句には、人を救う力があります。私自身、「もう立ち上がれない」と思うような苦しい出来事に直面するたびに、何度も何度も俳句に救われてきました。起こってしまったことは仕方ない。転んでしまった事実は変わらない。それなら、その体験をひとまず受け入れて俳句にしてみよう。そう考えると、また前に進んでいけるのです。

誰しも、生きていれば、苦しいこと、つらいこと、いろいろあると思います。でも、そのぶん、「俳句のタネ」が増えたと思えば、涙も苦労もムダではありません。むしろ、トクした気分になりますよ。

たかが十七音の世界です。でも、その十七音で自分を表現できて、時には、自分が書いた十七音に癒(い)やされることもある。こんなに楽しくて実用的な趣味(しゅみ)は、そうそうないと思います。

本書は、対話形式で進んでいきます。生徒役を務めるのは、出版社に勤める編集者のKさん。このKさんは、俳句の〝ど素人〟です。初心者にありがちなミスを次から次へとして、冷(ひ)や汗(あせ)と恥をかいて成長していきます。Kさんをあなた自身だと思って読み進めていただけると、理解がグッと深まると思います。

さあ、それでは、授業を始めましょう。
今日から、あなたの人生が変わるかもしれませんよ。

俳句集団「いつき組」組長
夏井いつき

目次　夏井いつきの世界一わかりやすい俳句の授業

1 時間目

自分の俳号を考えよう

2 時間目

俳句には二つの技がある

3 時間目

「尻から俳句」で俳句デビュー

4 時間目

「十二音日記」を書いてみよう

5 時間目

切れない…！

最後の授業

句会に出てみよう

巻末付録

1 時間目

自分の俳号を考えよう

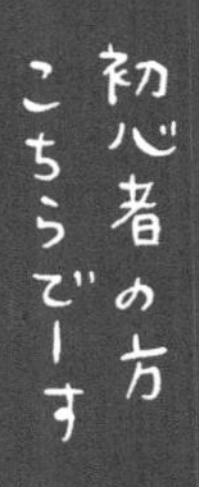

俳句を始めると人生が楽しくなる

夏井いつき先生の俳句の授業、いよいよ始まりました！　私、俳句の「は」の字も知らない〝ど素人〟ですが……、夏井先生に弟子入りさせていただきます。どうぞよろしくお願いします。

こちらこそ、よろしくお願いします。それにしても、Kさん、どうして俳句をやってみようと思ったの？

そうですね……。社会人になって十年弱、毎日充実はしているのですが、なんとなく単調で、どこか心満たされぬ思いがありまして……。

あらあら。

そんなあるとき、テレビを観ていたら、「**俳句には人生を楽しくする力がある**」と熱く語る夏井先生が目に飛び込んできたんです。私、その姿にくぎづけになりまして、「やってみたい！」と思ったんです。

なるほど。確かに、私の人生、これまでいろいろありましたが、喜びも怒りも悲しみも悔しさも、すべて俳句に変えて生きてきましたね。たとえ悲しいことやつらい出来事があったとしても、それを俳句にして自分の外に出すことで、大変さや心の痛みも昇華できるの。そんな不思議な力が俳句にはあるんです。

俳句の不思議な力……。

たとえば昔のことだけどね、車を運転中に後ろから追突されて、車ごと横転したことがありました。そんなときでさえ、救急車を待ちながら、

指で○作りてわらう星月夜

って一句作っていたからね（笑）。

す、すごいですね！

いろいろなことが起これば起こるほど、「俳句のタネ」が増える。そう考えられたら、ものすごくトクした気分になるよね。だからね、私の実体験として、「俳句には人生を楽しくする力がある」と感じていますよ。

なるほど！　それで、さっそく私も俳句を始めてみようと思って、まずは書店に行ってみました。何かいい入門書はないかと……。

いいものは見つかりました？

それが苦戦しまして。俳句コーナーだけでも本棚（ほんだな）二段分もあるんです……。どれがいいのかわからず、結局、夏井先生の本を一冊買って帰ってきました。

お買い上げ、誠にありがとうございます（笑）。

はい（笑）。でも、読んで満足して、それで終わっています……。

自分で俳句を作ることなく、入門書を読んだだけで、そのまま終わる。よくあるパターンね。そうね、それじゃあ、この授業で、俳句の基礎の基礎から一緒に学んで、きちんと俳句を作れるようになりましょう。

はい！　でも、ど素人の私でも大丈夫でしょうか……？

心配無用です。俳句はコツさえわかれば誰でも簡単に作れます。「センスやひらめきなんて自分にはないよ」と思っている人にこそ、やってみてほしいですね。

それは心強い言葉です！

一時間目のテーマは、俳句を始めるのに必要な「**三種の神器**」です。それらをゲットしましょう。

「三種の神器」ですか!?

「三種の神器」をそろえよう

俳句を始めようとする人は、モノを作るわけだから、道具が必要よね。俳句は、もっとも少ない道具で始められると私は思っていますが、まず必要なものは……。

（ゴクリ……）

「ペン」です！

ひょ!?　ぺ、ペンですか……。

そうよ。まぁ、ペンでも鉛筆でも、書けるものなら何でもＯＫ。

それなら、今、手に持っています。

よし！　では、次。「三種の神器」の二つ目は……。

（な、何だろう……）

「**メモ用紙**」です！　立派なものでなくても、広告の裏紙をクリップで留めたもので十分よ。

メ、メモ用紙ですか……。またもや簡単に用意できそうです。

よし！　そして、「三種の神器」の最後は……。

（ドキドキ……）

この本『夏井いつきの世界一わかりやすい俳句の授業』です！

な、なんと！　すぐに手に入るものばかりですね。実質、かかるお金は、この本の一四〇〇円＋税だけ（笑）。

そうね（笑）。実は、三つ目は「**俳号**」なんだけど、詳しくは後にまわして、それくらい気軽に始めてほしいんです。よく入門書には、「俳句を始める前には歳時記

が必須」なんて書いてあるけど、この授業を受けて「続けられそう」と確信が持てたからで大丈夫よ。

なんだ、冗談だったんですか（笑）。ちなみに、歳時記というのは……？

あっ、ごめんね。Kさんは見たことがないかな。**歳時記っていうのは、俳句の季語を集めて分類・整理して、解説や例句なんかを載せた本**のこと。後で詳しく説明するると思うので、ここでは「ふーん。歳時記っていうものがあるんだな」という程度でOKです。

わかりました。（歳時記……メモメモ）

初心者こそ俳号を持とう

では、「三種の神器」の三つ目に戻りましょう。

はい！　さっきの、え、えーっと……。

俳号ね。**俳号っていうのは、俳句を作るときの名前**のこと。俳句を作る前に、まずは俳号を考えましょう。

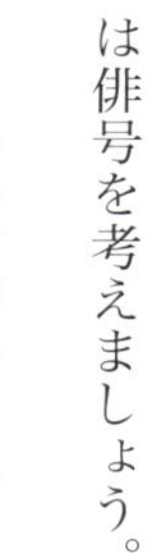

まさかの、形から入るパターンですか（笑）。

それでいいのよ。だって、本名で俳句を作ってコケたら痛いでしょ。「Kが作りました」「ヘタですね」っていわれたら。

確かに……。ショックで立ち直れません。

正岡子規（まさおかしき）は、とんでもない数の俳号を使い分けていたのよ。学生の頃（ころ）の回覧雑誌なんて、俳号を変えて、ほとんど自分一人で作っていたんだから。高浜虚子（たかはまきょし）だって、本名は高浜清（きよし）だしね。

はじめて知りました。

だから、コケても傷つかないように、初心者こそ俳号を持ちましょう。それに俳号には、「これは他の誰のものでもない私の俳句ですよ」とマーキングする意味もあるの。それじゃあ、さっそくKさんの俳号を考えてみましょう。

えっ、ここでいきなりですか……（汗）？

そう。ここで決めるのよ！　Kさんの趣味は何？

趣味ですか。うーん……。

私の知り合いには、競馬好きで「テイエムオペラオー」とか、何を思ったのか「鼻毛出て〜る」なんてふざけた俳号の人もいましたよ。

そ、そんなに自由でいいんですか！　何でもありですね。

何でもＯＫなの。**俳句を作って仲間とお互いに披露しあう会を「句会」**っていうんだけどね。その句会に参加したときに「あなたの俳号には、どんな意味が込められているんですか？」ってきかれたら、語りたいじゃないですか。まぁ、評判が悪かったら、出世魚のように俳号を変えるっていうのもありだし。構えず、気軽に考えてみてください。さぁ、Ｋさん、どう？

俳号
＝
俳句を作るときの名前

指で○作りてわらう星月夜　夏井いつき

この部分が俳号

【俳号の役割】
①ヘタでも恥ずかしくない
②自分の句を識別できる

【ルール】
一切なし。「♪」「★」「♥」などの記号やアルファベットを使ってもＯＫ！　何でもありです。

あっ、私、これといった趣味はないのですが、編集者としての仕事が大好きだということに、今、気がつきました。

忠誠心の高い男だね〜。それだったら、Kさんが勤めている会社、「PHP」からつけてみようか。「ぴー」っていう音、漢字であるかな？

うーん……。たとえば、「認否」「韓非子」……。

「突飛」「神秘」なんかもあるね。

神秘の「秘」って、かっこいいですね！

それじゃあ、「秘」でいこうか。「えいち」は……、「英知」なんてどう？

合体させると……、「秘英知」！

すごい才能を秘めていそうな俳号だね（笑）。

きょ、恐縮です（笑）。

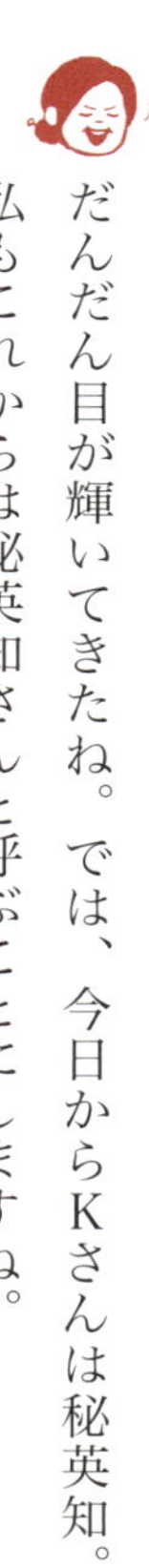

だんだん目が輝いてきたね。では、今日からKさんは秘英知。忠誠心の高い男！　私もこれからは秘英知さんと呼ぶことにしますね。

光栄です（照）。

これで、「ペン」「メモ用紙」、そして「この本」……ではなく（笑）、「俳号」という「三種の神器」がそろいましたね。

はい！　簡単にそろえることができました。まさか自分の俳号を持つことになるとは思ってもいませんでした。

次回までの
宿題

「三種の神器」をそろえよう

一　ペン

二　メモ用紙

三　俳号

秘英知

2時間目

俳句には二つの技がある

「チューリップ」は何音？

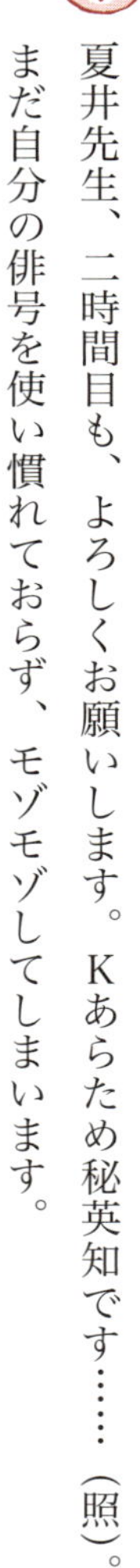

夏井先生、二時間目も、よろしくお願いします。Ｋあらため秘英知です……（照）。まだ自分の俳号を使い慣れておらず、モゾモゾしてしまいます。

何を照れているの！　大丈夫、すぐに慣れるよ。

はい……。

一時間目は、俳句を始めるのに必要な「三種の神器」をそろえましたね。

はい！　「ペン」「メモ用紙」、そして「俳号」が「三種の神器」でした。三つ、きちんと、そろっております！

さすが忠誠心の高い男ね！　さて、二時間目は、秘英知さんに「はいじん」になっ

てもらいます。

えっ、「はいじん」ですか……。

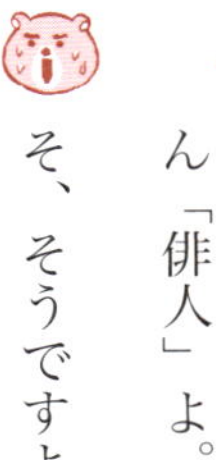
思わず、まだれのほうを思い浮かべたでしょう（笑）。「廃人（はいじん）」ではなくて、もちろん「俳人」よ。

そ、そうですよね（笑）。

秘英知さんを俳句漬（づ）けにして廃人にしてやろうなんて、これっぽっちも思っていないから安心して。ヒヒヒ……（笑）。

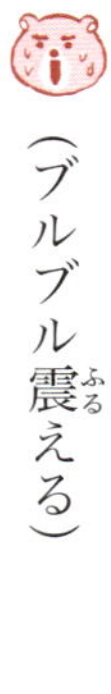
（ブルブル震（ふる）える）

まずは、基本中の基本、俳句の音の数え方から学びましょう。俳句は、何「音」でできていますか？　何「文字」ではないよ。

俳句は「五・七・五」ですよね。なので、足すと……、十七音でしょうか？

正解です。では、その音の数え方ですが、たとえば、春の季語に「チューリップ」があるけど、これは何音かわかる？

うーん……。「チュー」「リッ」「プ」で三音でしょうか？

残念！　お約束の間違いをしてくれて、ありがとう（笑）。

さっそく、やらかしてしまいました……。

実はこれ、**「チュ」「ー」「リ」「ッ」「プ」で五音**なんです。

（指を折って数える）

「きゃ」「きゅ」「きょ」など小さい「ゃゅょ」が入る「拗音（ようおん）」や、「ふぁ」「ふぃ」「ふぅ」など小さい「ぁぃぅぇぉ」が入る場合は、前の字と合わせて一音なの。

なるほど。

逆に、**「あー」「いー」「うー」など音を長く伸ばす「長音（ちょうおん）」、「かっ」「きっ」「くっ」**

など小さい「っ」が入る「促音（そくおん）」は、「ー」「っ」自体で一音として数えます。

こんがらがってきました……（汗）。

大丈夫。迷ったら「チューリップ」を思い出せばいいのよ。「チューリップ」には、今説明した、すべての数え方が入っているからね。

そうか！　「チューリップ」で覚えます。

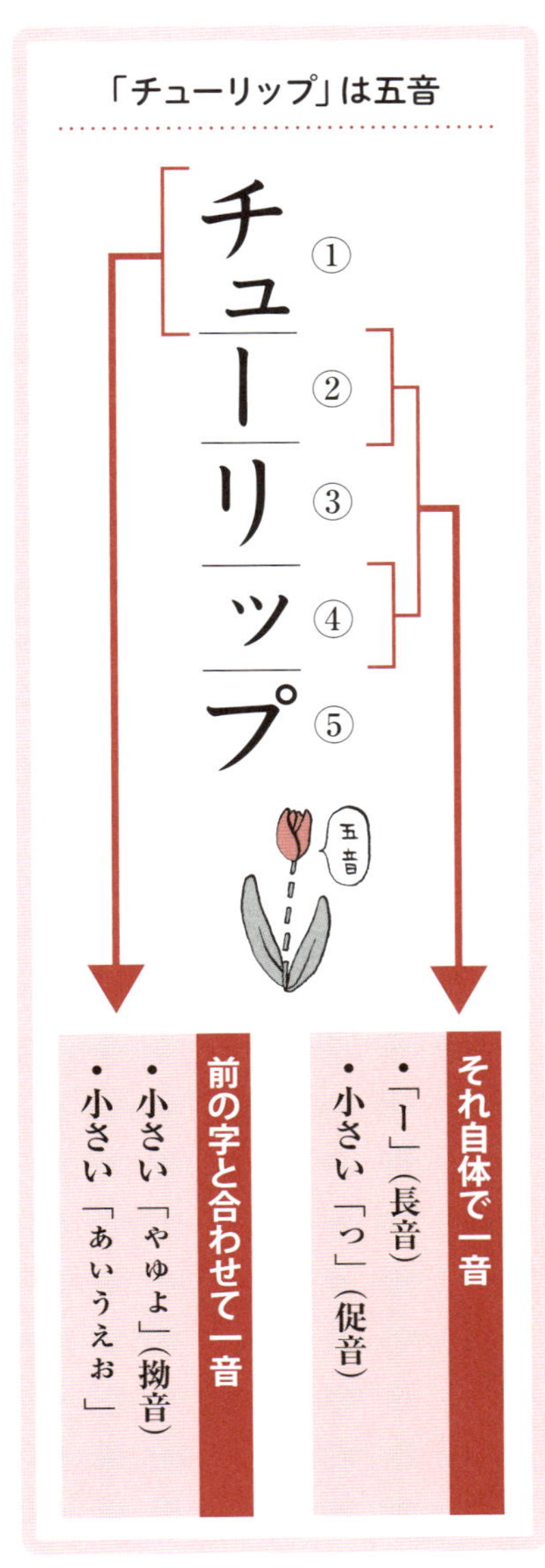

正しい表記はどっち？

もう一つ、基本的なことで間違いやすいのは、俳句の表記の仕方ね。左は有名な松尾芭蕉（まつおばしょう）の句だけど、AとB、どちらが正しい俳句の表記だと思う？

A

古池や
蛙（かわず）飛びこむ
水の音

B

古池や蛙飛びこむ水の音

テレビ番組では、よく三行で書かれている気がするので、Aでしょうか？

残念！　不正解。正式には、Bのように縦一行で書くの。しかも、「五・七・五」の間も、一字あけたりはせず、詰めて書きます。

あれ？　テレビ番組では、なぜ三行で書かれているんですか？

それは、テレビ画面が横長だから。縦一行書きにすると画面からはみ出てしまうので、苦肉の策なのよ。

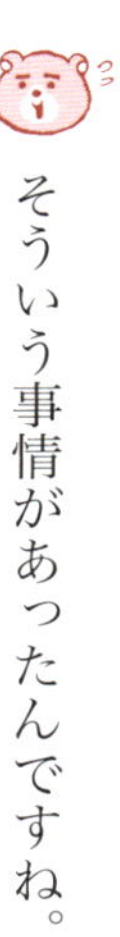

そういう事情があったんですね。はじめて知りました。

「**俳句は縦一行で間隔はあけずに書く**」と覚えましょう。

はい！

「一物仕立て」と「取り合わせ」

それじゃあ、音の数え方と表記の仕方をおさえたところで、俳句の技の話に移りましょう。まず、次の二つの句、CとDを見比べてみて。

白藤や揺りやみしかばうすみどり

——白藤が風に揺れる様子を見ていた。ふと風がやむと、白に潜む、ほのかな薄緑に気がついた。

芝不器男

しら藤や奈良は久しき宮造り

——しら藤が美しく咲いている。奈良では、久しぶりにお宮の建設が始まった。

黒柳召波

夏井先生、初心者の私には、いきなり難しすぎます……（汗）。俳句の意味さえ、よくわかりません。

そういわれると思ったので、一般的な解釈を横に書いておきました。これを参考にしてみて。

あっ、本当だ。ありがとうございます。……なるほど、こういう意味なんですね。

それじゃあ、それを踏まえて、ここで秘英知さんに質問です。この二つの句、CとDの〝共通点〟と〝相違点〟は何だと思う？　意味も含めて、じっくり考えてみてください。

いきなりの質問！　え、えーっと……（汗）。

何でもいいのよ。気づいたことをいってみて。

そうですね……。あっ、共通点は、どちらも「白藤」「しら藤」とあるので、同じものを題材にしている点でしょうか？

正解です。もう少し正確にいえば、どちらも同じ季語と「切れ字」を使っているね。最初に「白藤」「しら藤」という季語があって、強調・詠嘆をあらわす「や」という「切れ字」を使っています。「切れ字」については、またあらためて説明するので安心してね。では、相違点はどう？

うーん……。あっ、「白藤」と「しら藤」が違うとか⁉

単純ね（笑）。それは単なる表記の違い。それ以外はどう？

うーん……。もう何も出てきません……（汗）。

お手上げのようね（笑）。では、答え合わせをしましょう。

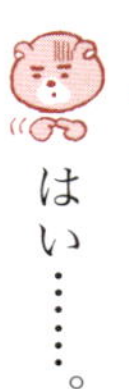

はい……。

一番の違いは、句の内容なの。Cは、句のなかに、「白藤」以外、何一つ描かれていないんです。「白藤」のことだけで一句が成り立っているよね。

（もう一度、句を確認する）「白藤」のことだけ……。あっ、確かに。

一方、Dは、「しら藤」とは別に、「奈良」や「宮造り」が出てくるよね。

本当だ。「しら藤」とは別の要素が入っていますね。

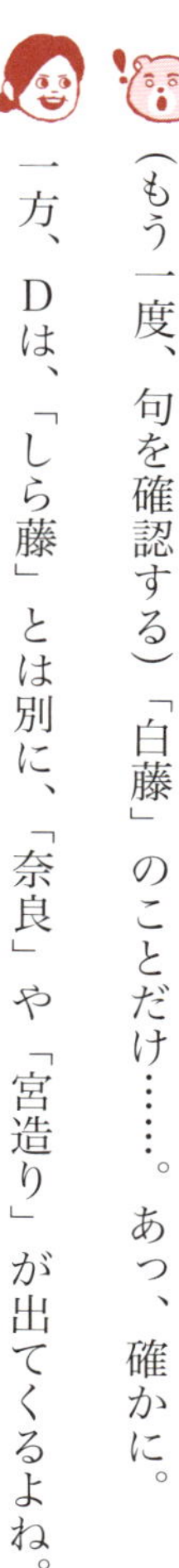
そうなの。この「季語のことだけで一句が成立しているかどうか」が重要なポイントなんです。Cのように、**季語のことだけで俳句を作ること**を**「一物仕立て」**といいます。「一物仕立て」の「一物」は季語のことね。

「一物仕立て」……。

かたや、Dのように、**季語以外の要素も入れて作ることを「取り合わせ」**といいます。季語とそれ以外の要素を取り合わせて作るので、「取り合わせ」です。

「取り合わせ」……。

Dは、カメラでたとえるなら、まず「しら藤」のアップがあって、それから場面が

変わって、「奈良」や「宮造り」をとらえるわけね。

なるほど。「しら藤」を眺めていると思いきや、パッと場面が切り替わって、まるで別の場所にワープしたみたいですね。別の要素が組み合わさることで、句に奥行きを感じます。

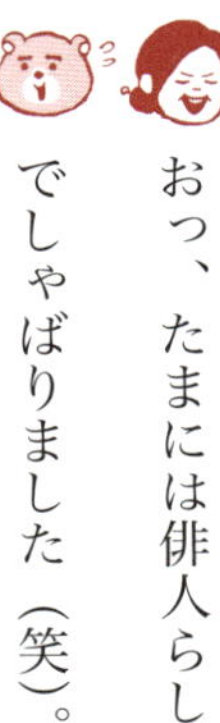

おっ、たまには俳人らしいことを（笑）。

でしゃばりました（笑）。

俳句の二つの技

＜一物仕立て＞
季語のみ

＜取り合わせ＞
季語＋他の要素

初心者は「取り合わせ」から

実はね、〝純粋（じゅんすい）〟な「一物仕立て」は、俳句全体の三〜四％程度といわれていて、世のほとんどの俳句が「取り合わせ」なの。

ほとんどが「取り合わせ」……。なぜでしょうか？

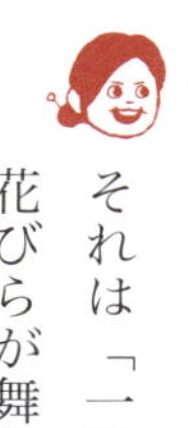

それは「一物仕立て」のほうが難しいから。たとえばね、春の季語である「桜」の花びらが舞う光景を見たとします。すると、秘英知さんのような初心者は、

桜散るゆらゆら散ってきれいだな

なんて句を作ってしまいがちなの。

あ、ありがちですね……。

その通り。つまり、季語のことだけで俳句を作ろうとすると、どれも同じようなものになってしまうの。

（激しくうなずく）

だから、オリジナリティーのある「一物仕立て」の句を作るには、他の人が気づいていないことを発見する観察眼がいるんです。でも、季語をじーっと観察したところで、誰が見ても、だいたい同じものしか見えてこないのよ。

夏井先生もですか？

もちろん。「今日は『一物仕立て』を作るぞ！」と気合いを入れて作っても、使えるのは、五十句作って、一句か二句なの。

夏井先生でさえ……。

そうなのよ。こんなふうに誰もが思いつくような凡人（ぼんじん）的発想のことを「**類想**（るいそう）」、その類想から生まれた誰もが作りそうな俳句のことを「**類句**（るいく）」、合わせて「**類想類句**」

と呼んでいます。

「類想類句」……。

十七音しかない俳句では、似た発想や同じ言葉を使った句がどうしても量産されてしまうので、常に「類想類句」との闘(たたか)いでもあるわけね。特に、季語のことだけで俳句を作る「一物仕立て」では、似た句がわんさかできるんです。

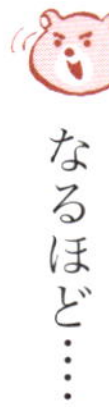

なるほど……。

「一物仕立て」において、この「類想類句」を避(さ)けて、「おっ！」と思わせる句を作るためには、**①観察力**、**②根気**、**③描写(びょうしゃ)力**、この三つの力が必要になります。季語と向き合うなかで、この三つの力がそろうと、リアリティーとオリジナリティーを獲得(かくとく)することができて、いい「一物仕立て」の句になるの。

「一物仕立て」は、とても地道ですね……。

そう。だからこそ「一物仕立て」は難しいのよ。それなのに、俳句をやったことが

ない人の多くは、「俳句って季語のことを描写するんでしょ」と思い込んでいるの。
つまり、「一物仕立て」を作ろうとしてしまうのね。

まさに、さっきの「桜散るゆらゆら散ってきれいだな」ですね……。

そうね。いきなり難易度の高い「一物仕立て」を作ろうとするんだから、そりゃ難しいに決まっているよ。それで勝手に「俳句は難しい」って勘違いをしてしまうことになるの。

私も、なんとなく「俳句は季語を描写するもの」と思っていました……。

今日から、その認識をあらためましょう。

はい！　なぜ「一物仕立て」が難しいのかが、わかってきました。

それでよし。一方、「取り合わせ」は、季語とそれ以外の要素を取り合わせて、言葉をまるでパズルのように組み合わせて作るので、「一物仕立て」に比べてハードルがグンと低いの。

初心者の私には、まず「取り合わせ」からがよさそうですね。

その通り。次回は「取り合わせ」で実際に俳句を作ってもらいますよ。

は、はい！　ついに俳句デビュー……。

次回までの
宿題

俳句の基本をおさえよう

一
音の数え方を「チューリップ」で覚える

二
「縦一行で間隔はあけずに」の表記の仕方に慣れる

三
「一物仕立て」と「取り合わせ」の違いを理解する

3時間目

「尻から俳句」で俳句デビュー

型を覚えれば俳句は作れる

夏井先生、三時間目も、よろしくお願いします……。

あれ、秘英知さん、どうしたの？　体調悪そうだけど。

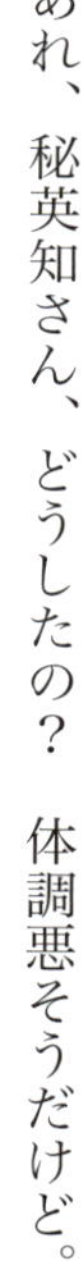

は、はい……。いよいよ今回の授業で俳句デビューするということで、昨夜から緊張して、あまり眠れておりません……。

あらあら（笑）。

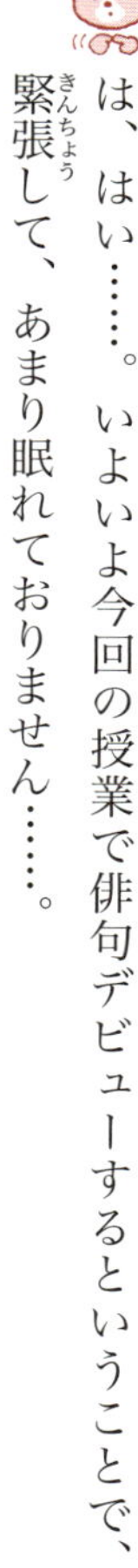

ど素人の私に本当にできるのかと、今さら心配になりまして……。私にはセンスもひらめきもありませんし……。

心配性だね（笑）。大丈夫。安心して。俳句、特に「取り合わせ」は型なの。セン

スやひらめきがあるかよりも型を知っているかどうかなんです。型を知って、その手順通りに進めれば、誰でも簡単に俳句を作ることができるのよ。

俳句の型ですか……？

そう。秘英知さんも、昔、算数の授業で、三角形や台形の面積の出し方なんかの公式を習ったでしょう。あれと同じです。

公式……。数字を入れて計算すると自動的に答えが出るような……？

そうそう、そんな感じです。俳句を作るには、センスやひらめきが必要だとか、俳句の題材になるような特別な出来事や大きな感動が必要だとか、そんなふうに考えている人もいるかもしれないけど、それは大きな間違い！　型を覚えて、手順を踏めば、誰でも作れるのが俳句です。

そうなんですか！　それなら私にもできそうな気がしてきました。

おっ、顔色がよくなってきたね（笑）。それじゃあ、三時間目は「取り合わせ」の

型の一つである「尻から俳句」に挑戦して、実際に俳句を作ってみましょう。

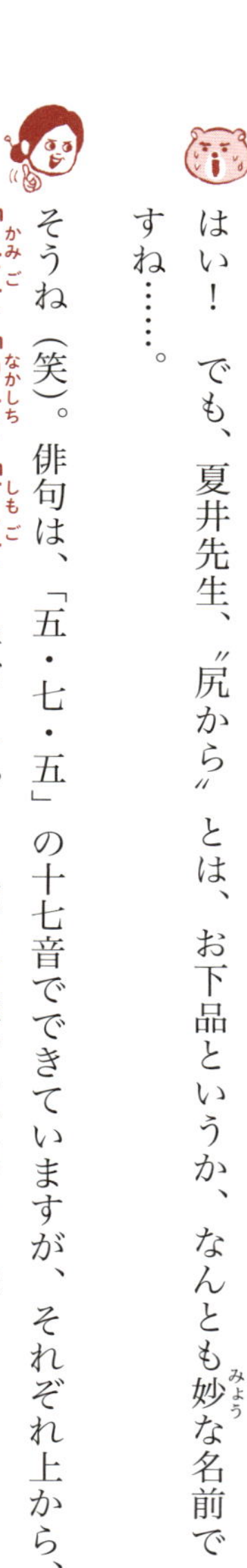

はい！ でも、夏井先生、〝尻から〟とは、お下品というか、なんとも妙な名前ですね……。

そうね（笑）。俳句は、「五・七・五」の十七音でできていますが、それぞれ上から、「上五」「中七」「下五」と呼びます。よく使う言葉なので覚えてね。

「五・七・五」の呼び方

指で○作りてわらう星月夜

- 指で○ → 上五（かみご）
- 作りてわらう → 中七（なかしち）
- 星月夜 → 下五（しもご）

「上五」「中七」「下五」……。

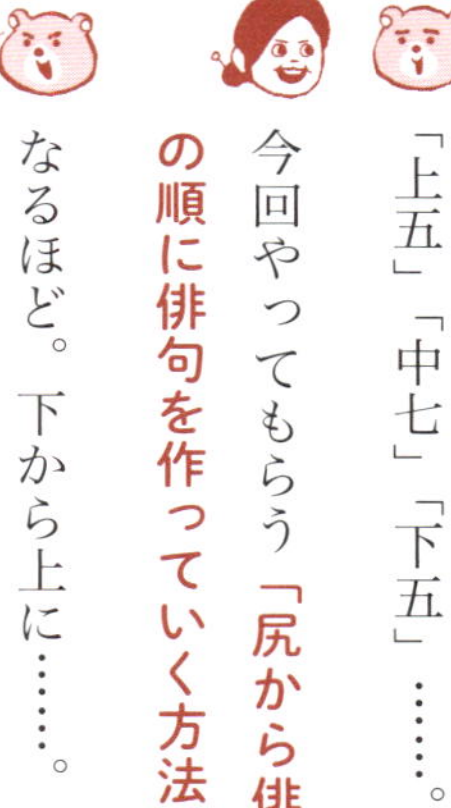

今回やってもらう**「尻から俳句」は、下から上に、「下五」↓「中七」↓「上五」の順に俳句を作っていく方法**なの。だから、こんな名前なんです。

なるほど。下から上に……。確かに〝尻から〟ですね。

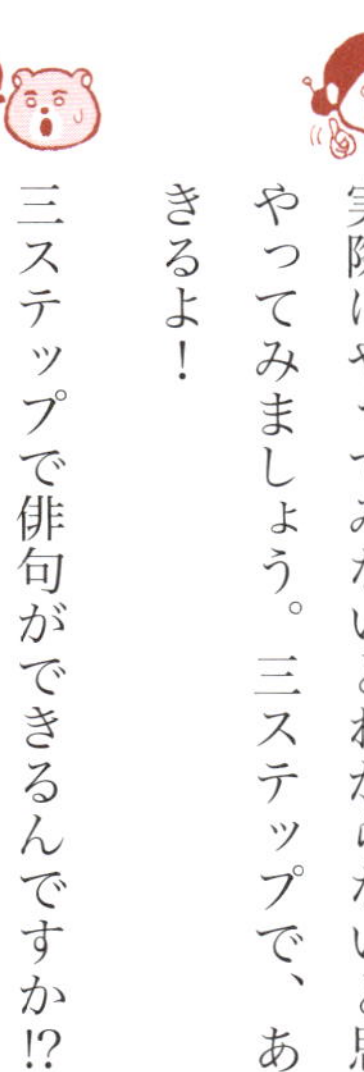

実際にやってみないとわからないと思うので、今からやってみましょう。三ステップで、あっという間にできるよ！

三ステップで俳句ができるんですか⁉

三ステップで一句完成

まずは、「五音」の「普通名詞」をできるだけたくさん見つけてみて。それがそのまま「下五」の素材になるよ。それでは、制限時間は一分間。よーいスタート！

い、いきなり！　あわわわ……（汗）。

もう十秒経過したよ！　家のリビングや仕事場なんかを想像して、そこに何があったか思い出してみると見つかりやすいかもね。あっ、もう三十秒！　四十秒……。五十秒……。はい、終了〜。そこまで。

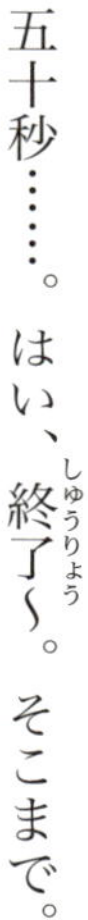

（疲労困憊でゲッソリの顔）

一気に顔が老けたね（笑）。さて、今見つけた「五音」の「普通名詞」が、「尻から俳句」の「下五」の素材に、そのままなるからね。どんなものが見つかった？

「ホッチキス」「腕時計（うでどけい）」「会議室」「御礼状」「掲載誌（けいさいし）」……。

すごいじゃない！　一分間で、よくこれだけ見つけられたね。しかし、仕事大好き人間らしさがよく出ているね～（笑）。

つまらない人間ですみません……（汗）。

別にいいのよ（笑）。秘英知さんらしさが出てて。それじゃあ、今回は、このなかから、そうね……、「腕時計」を「下五」に置いてみようか。

はい！

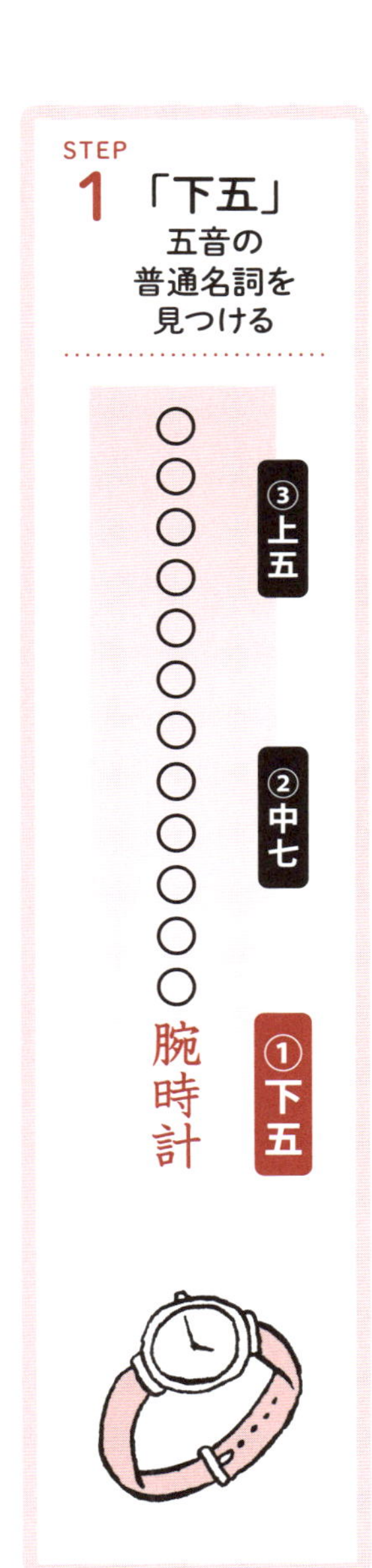

「下五」が決まったら、次に、一つ上の「中七」を考えていきます。どんな「腕時計」かを「七音」で描写してみてくれる？

描写というのは……？

何でもいいのよ。「●●●●●●●腕時計」というふうに、●の部分に「腕時計」を描写する言葉を「七音」で適当に入れてみて。あまり深く考えずに、思いついたものでいいよ。

うーん……。たとえば、「汗がしみこむ腕時計」といった感じでしょうか。

仕事で冷や汗をかくようなことでもあったのかな（笑）。でも、残念！　伝え忘れていたけど、この**「尻から俳句」では、季語は「上五」にしか置けない**ルールがあるの。「汗」は夏の季語なんです。なので、ここではＮＧ。

聞いていないです（泣）！

ごめんね（笑）。

うーん……。では、「時の止まった腕時計」なんて、どうでしょうか？

おっ、いいじゃない！　季語も入っていないからOKね。

（ホッ）

季語とは関係のない十二音のことを、「**俳句のタネ**」と私は呼んでいますが、この十二音に、他の人とは違うオリジナリティーをいかに入れられるかがミソなの。

なるほど。

これで「下五」「中七」の十二音の「俳句のタネ」ができたね。既に俳句の三分の二ができたことになります。それじゃあ、最後に「上五」に季語を入れて、「尻から俳句」を完成させましょう。

いよいよ季語ですか！　……といっても、季語って、そもそも何でしょうか？　なんとなくはわかるのですが……。

季語は、季節を象徴的にあらわす言葉のことです。十七音しかない俳句においては、とても大きな力を発揮します。俳句の主役といってもいいかな。

季語は俳句の主役！

俳句にはね、**「春」「夏」「秋」「冬」にプラスして「新年」という五つの季節**があるの。この際、今の季節は無視して、今回できた「俳句のタネ」の「時の止まった腕時計」のイメージに合う「五音」の季語を取り合わせてみましょう。

はい！

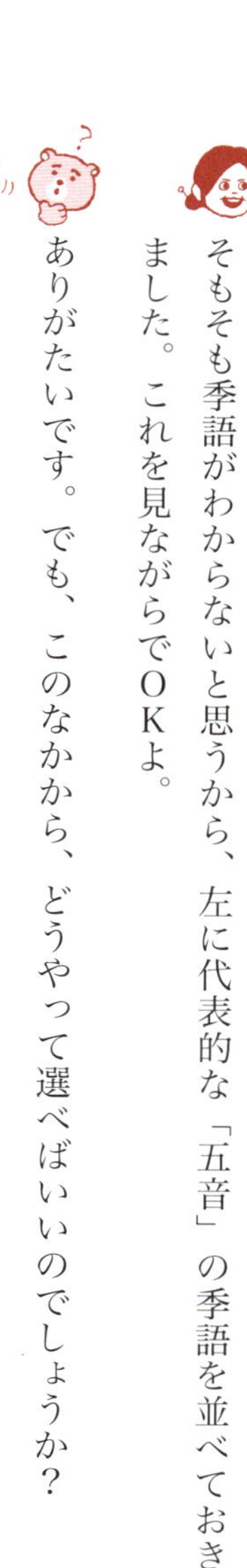

そもそも季語がわからないと思うから、左に代表的な「五音」の季語を並べておきました。これを見ながらでＯＫよ。

ありがたいです。でも、このなかから、どうやって選べばいいのでしょうか？

何でもＯＫ。目に留まったものと取り合わせてみて。

それなら……、

代表的な五音の季語

春
- 風光る（かぜひかる）
- シャボン玉
- 春の宵（よい）
- 山笑う（やまわらう）

夏
- 蝉しぐれ（せみしぐれ）
- 扇風機（せんぷうき）
- 夏の夕
- 熱帯夜（ねったいや）

秋
- 秋深し
- 天高し（てんたかし）
- 星月夜
- 虫の声

冬
- 大みそか
- クリスマス
- 除夜の鐘（じょやのかね）
- 冬の朝

新年
- お正月
- 鏡餅（かがみもち）
- 年賀状（ねんがじょう）
- 初日の出

蝉（せみ）しぐれ時の止まった腕時計

あら、蝉の騒（さわ）がしさと腕時計の静けさの対比がすてきね。

本当ですか!?　では、調子に乗って、もう一句。

クリスマス時の止まった腕時計

おっ、季語を変えるだけで、一気に失恋ソングみたいね。

これなら無限に作れそうです！

STEP 3

「上五」五音の季語と取り合わせる

※季語は「上五」に入れる

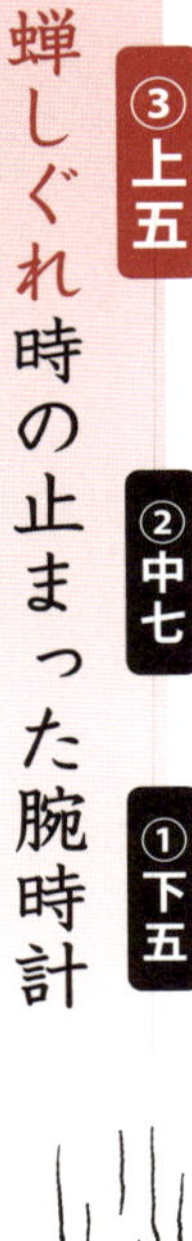

基本の型を身体に覚え込ませよう

すごいでしょ「尻から俳句」。たまにね、この「尻から俳句」を紹介すると、「実際の情景ではないのにいいのか」とか「そんなパズルみたいな作り方は邪道だ」なんて意見も聞くんだけど、フィクションから生まれた作品が、涙や笑いを誘うこともあるはず。文学はとても懐が深いんです。

確かに、ファンタジーなどでも感動しますもんね。俳句も同じなんですね。こんなに簡単に俳句が作れるなんてビックリしました！

これも型のおかげね。いきなり「『五・七・五』と季語で俳句を作ってみて」といわれても、どこから手をつけていいのかわからないでしょ。でも、こうやって型の手順通りに作っていくと簡単にできるわけです。ちなみに、この「尻から俳句」の作り方を図で見ると、もっとわかりやすいよ。

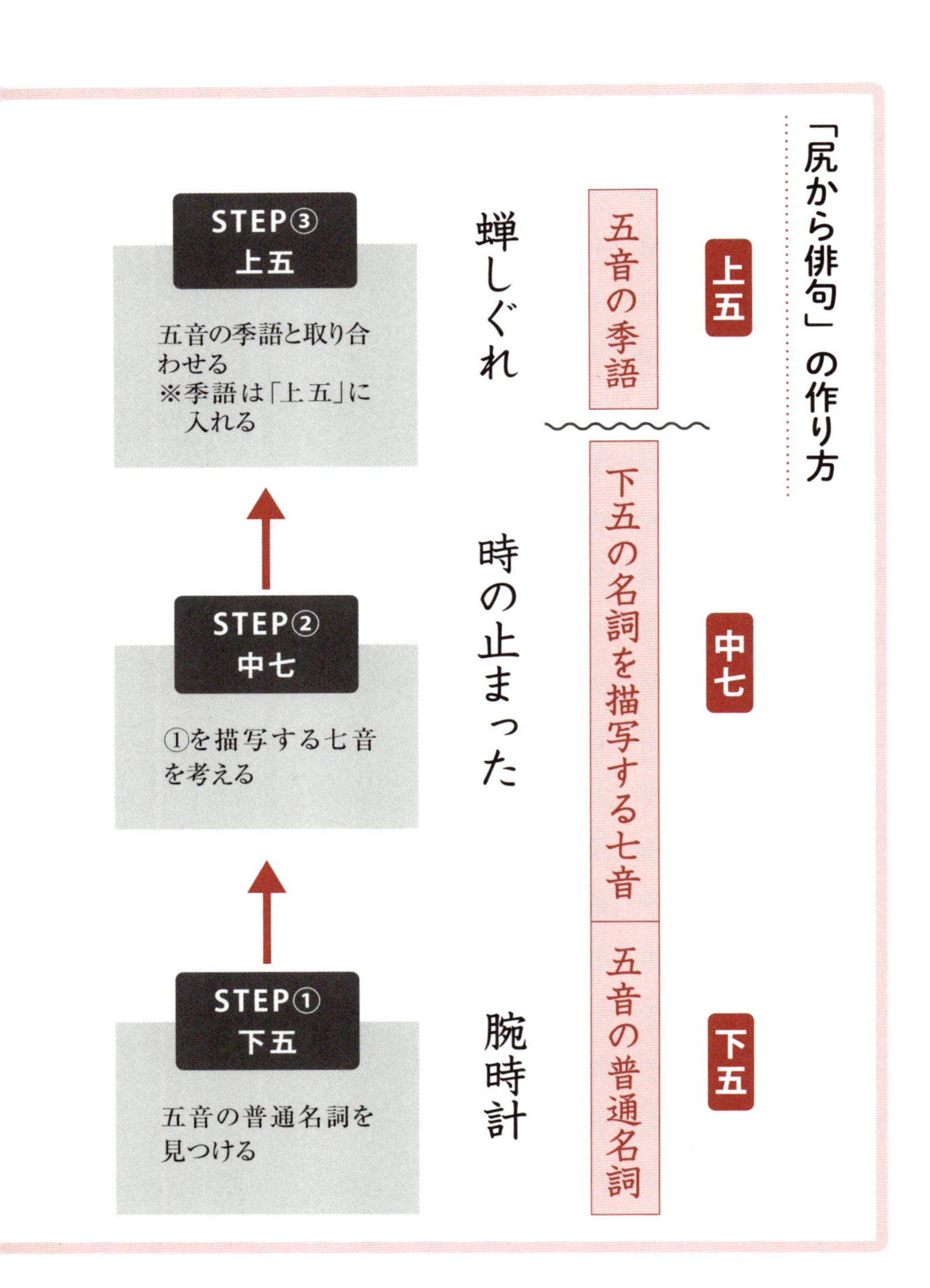
「尻から俳句」の作り方
上五
五音の季語
蝉しぐれ
中七
下五の名詞を描写する七音
時の止まった
下五
五音の普通名詞
腕時計
STEP③
上五
五音の季語と取り合わせる
※季語は「上五」に入れる
STEP②
中七
①を描写する七音を考える
STEP①
下五
五音の普通名詞を見つける

ポイント

①「下五」が五音の普通名詞で終わっている（名詞止め）
②「中七」は「下五」の名詞を描写している
③「中七」「下五」で、ひと続きのフレーズになっている
④「上五」に季語を置く（「中七」「下五」には季語を入れない）
⑤「上五」の季語と「中七」「下五」の「俳句のタネ」には、まったく関連はない
⑥「上五」と「中七」「下五」の間に意味の切れがある

この型は、俳句の基本中の基本の型です。何十句と作って、身体に覚え込ませてね。

はい！　わかりました。

次回までの
宿題

「尻から俳句」で十句作ってみよう

上五　五音の季語

中七　下五の名詞を描写する七音

下五　五音の普通名詞

STEP③
上五

五音の季語と取り合わせる
※季語は「上五」に入れる

STEP②
中七

①を描写する七音を考える

STEP①
下五

五音の普通名詞を見つける

4時間目

「十二音日記」を書いてみよう

五音と七音の言葉を意識する

三時間目では、「取り合わせ」の基本中の基本の型である「尻から俳句」で、無事、俳句デビューすることができました。まさか、こんなに簡単に俳句が作れるとは思ってもいませんでした！

うまくできましたね。「俳句は型」の意味が、よくわかったでしょう？

はい。型を知って、その手順通りに進めれば、ど素人の私でも簡単に俳句を作ることができました。「俳句は型」、センスのない私には、勇気が出る言葉です！

「センスがない」とは、私は一度もいっていないからね（笑）。さて、四時間目は、次の型「**十二音日記**」を学んでいきましょう。**十二音で日記を書いて「俳句のタネ」を集めていく方法**です。前回の「尻から俳句」を、少しだけ応用した型ね。

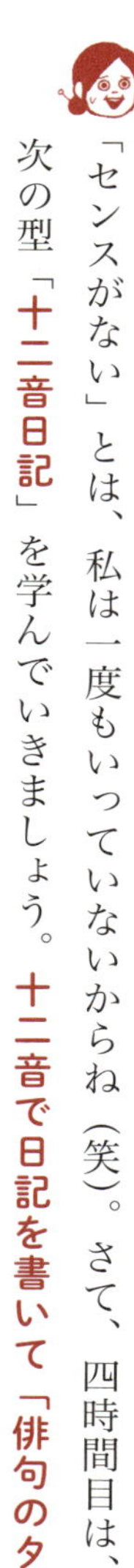

十二音で日記……。どうやって書けばいいのですか！

おっ、やる気に満ちあふれているね！　でも、そんなに焦らなくても大丈夫（笑）。順にやり方を見ていきましょう。まずは、そうね……、今朝、秘英知さんが会社に出社して最初にしたことは何？

今朝ですか。うーん……。のどの調子がイマイチだったので、自分のデスクで、のど飴をなめたことですかね。

いいね。たとえばだけど、「のど飴をデスクでなめる」とすれば、「五・七」の十二音になるよ。のど飴をなめた後は何をしたの？

コーヒーを飲むために、電気ポットに水を足しました。

おっ、いいじゃない。それも「電気ポットに水を足す」とすると、今度は、「七・五」の十二音になるね。

本当ですね！

こんなふうに「五・七」あるいは「七・五」で日記を書くと、それがそのまま「俳句のタネ」になります。日記を書くときの注意点は次の二つだけ。

①季語らしきものを入れない
②「うれしい」「悲しい」などの感情をあらわす言葉を入れない

なぜこれらを入れないのかは、後でわかると思うよ。

わかりました。でも、②は気をつけることができますが、①は、そもそも何が季語なのか、まだ判別できません……。

わからなくても大丈夫。「もしかして季語かもな……」という、〝あやしい〟言葉は、最初から入れない（笑）。まぁ、「尻から俳句」のときの「汗がしみこむ」のように、知らないうちに季語が入ってしまうこともあるけど、はじめのうちは、しょうがないよ。失敗を恐れず、どんどん作ってみることのほうが大切です。

それなら、なんとかできそうです。

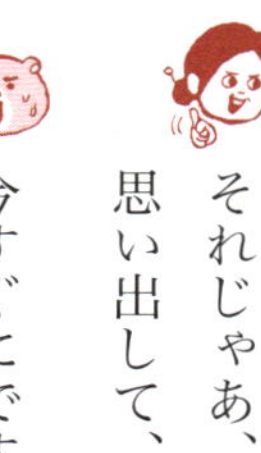

それじゃあ、実際に、秘英知さんにやってもらいますよ。今日これまでの出来事を思い出して、「五・七」「七・五」の「十二音日記」をいくつか作ってみて。

今すぐにですか（汗）!?

そうよ。さっきの「のど飴」とか「電気ポット」みたいに、何でもない普通のことでいいの。秘英知さんに、かっこいいことは求めていないから（笑）。

ダサくてすみません（笑）。うーん……。いきなり十二音で日記といわれても、夏井先生のように、すぐに「五・七」「七・五」にできる気がしません。

五音と七音の言葉を見つけるヒント

たとえば……

- 新聞や雑誌を広げる
- 電車やバスの車窓から景色を観察する
- スーパーで買い物中に目に留まったものをつぶやく

それじゃあ、ハードルを下げよう。いきなり十二音で考えるのではなく、まずは五音か七音になりそうな言葉を見つけてみて。

五音か七音になりそうな言葉……？

たとえば、さっきの「のど飴」は四音だけど、「のど飴を」とすれば五音になるよね。これもOK。今日は他に何をしたの？

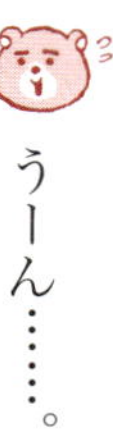

うーん……。飴をなめて、電気ポットに水を足して、コーヒーを飲んで……。

そうそう、その調子。

パソコンをつけて、原稿吟味（げんこうぎんみ）をして、タイトルを決めて、ゲラにして、業務メールを送って……。それから、夏井先生にお会いするために会社を早めに出る必要があったので、昼前に弁当、あっ早弁して、五分で食べて……。新快速に乗って、読書をしていたら眠たくなったので、少しウトウトして……。

仕事中にウトウト（笑）。

あっ……（汗）。

編集長には内緒にしておくよ（笑）。今、話してくれたなかにも、たくさんあるじゃない。たとえば、五音と七音に足りなくても、「コーヒーを」「早弁を」とすれば五音になるし、「業務メールを」「新快速に」とすれば七音になる。「原稿吟味」は七音なので、そのまま使えるしね。

本当だ……。

こんな感じで、五音と七音の言葉に意識が向くようになると、「十二音日記」は俄然やりやすくなります。しかも、五音か七音の言葉が見つかれば、俳句の三分の一は、既にできている！

す、すごい！

STEP① 五音か七音の言葉、もしくは五音か七音になりそうな言葉を探す

さて、今見つけた五音と七音の言葉のなかから、どれを十二音に膨らませようか？ぜひ秘英知さんらしさやオリジナリティーを感じられる言葉を選んでみて。そのほうが、おもしろくなるよ。

オリジナリティー……？

たとえば、さっき出た「弁当」。そのまま「弁当」といったときと「早弁」といったとき、印象がグッと違ってくるよね。

あっ、確かに。ただの「弁当」より「早弁」のほうが、より具体的でオリジナリティーがあるような気がします。

その通り。しかも、さっき時間までいっていたよね？

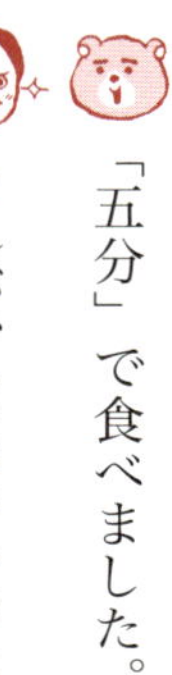

「五分」で食べました。

それが、またいいのよ。この「五分」という時間をあらわす言葉が、「早弁」にオリジナリティーと具体性を更に加えているよね。それじゃあ、「早弁」と「五分」

をつなげて、十二音に膨らませてみましょう。

ど、どうやって……？

二つをつなげればいいのよ。「早弁は」「早弁を」「早弁の」なのか。

うーん……。早弁を……五分で……食べる、いや、かきこむ、かな……。

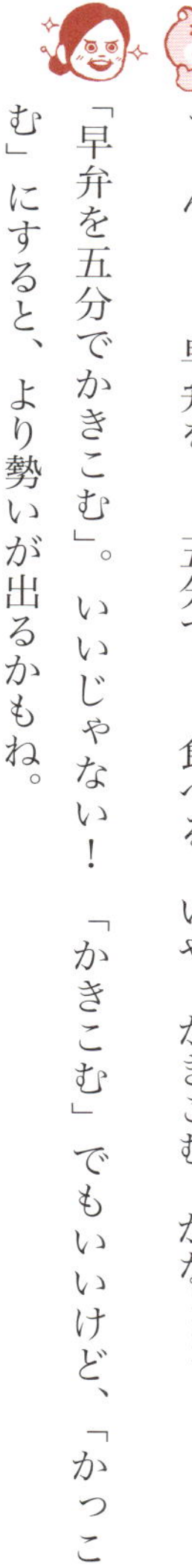

「早弁を五分でかきこむ」。いいじゃない！　「かきこむ」でもいいけど、「かっこむ」にすると、より勢いが出るかもね。

おお！　本当ですね。

まぁ、「五分でかっこむ」だと、八音で字余りになるけど、今回はよしとしよう。はじめのうちは、十二音ぴったりにならなくてもＯＫよ。

それなら、できそうです。

ついでだからいっておくと、**「中七」は、字余りや字足らずになると俳句らしいリズムが失われるので、七音ちょうどで作るのが定石**といわれています。でも、細かいことをいちいち気にしていたら、秘英知さんのような初心者は、それだけで悩んでしまって、一句も作れなくなるよね。だから、最初はアバウトでＯＫよ。

ありがたいです。決まり事が多いと、それだけで戸惑ってしまうので。

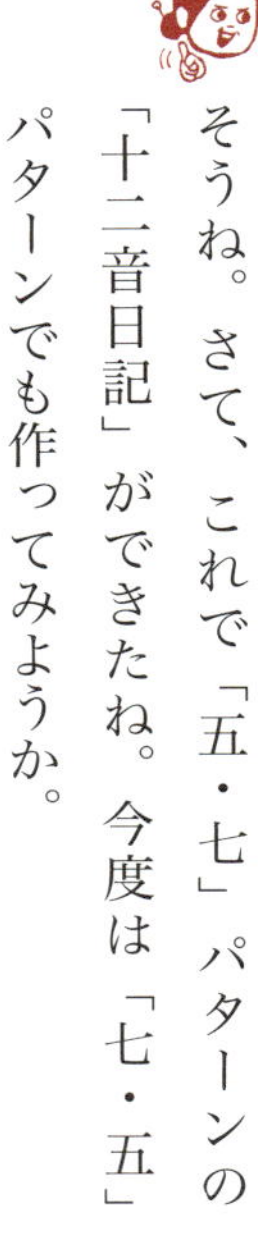

そうね。さて、これで「五・七」パターンの「十二音日記」ができたね。今度は「七・五」パターンでも作ってみようか。

はい！　オリジナリティーのあるもの……。「原稿吟味」「タイトル」「ゲラ」などは、編集者らしい言葉だと思います。「ゲラ」というのは、校正刷りのことなんですが。

いいじゃない。仕事の内容や雰囲気も伝わって

くるよ。

では……、タイトル決めてゲラにする、いや、ゲラを出す、かな。

「タイトル決めてゲラを出す」。いいね！ 「七・五」パターンもできたじゃない。
「十二音日記」のコツをつかんだみたいね。

はい！ いきなり十二音にしようとすると難しいのですが、まず五音か七音になりそうな言葉を見つけて、それを十二音に膨らませていけばいいと考えると、グッとやりやすくなりました。

STEP② ①を「五・七」「七・五」の十二音に膨らませて「俳句のタネ」にする

チャートで心情を分析する

それじゃあ、最後に、今できた「十二音日記」、

早弁を五分でかっこむ（「五・七」パターン）

タイトル決めてゲラを出す（「七・五」パターン）

この二つの「俳句のタネ」に季語を取り合わせて、俳句を完成させましょう。季語を変えるだけで、俳句の印象がガラリと変化するよ。

季語で印象が変わるんですか？

そうよ。**季語は季節感をあらわすだけでなく、作者の心情も表現してくれる**の。代弁してくれるといってもいいかな。

心情を代弁……。

下の図を見て。これは秘英知さんの心情を知るための図「**心情チャート**」です。**縦軸**(たてじく)**が動き——「動・静」**を、**横軸が明るさ——「明・暗」**をあらわしています。

「動・静」「明・暗」……。

たとえば、さっきできた「俳句のタネ」の「早弁を五分でかっこむ」。この「早弁を五分でかっこ」んだときの秘英知さんの心情は、図のどのあたりに位置しそう？

うーん……。なんとなくですが、「動きがあって」「明るい」①の心情に位置するような気がします。

心情チャート

なるほど。そうしたら、次に、その心情に合う季語を取り合わせてみましょう。たとえば、そうね……、「春の風」なんてどう？　少し動きがあって明るいイメージを持った春の季語ね。取り合わせてみると、

早弁を五分でかっこむ春の風

これで一句完成です。

おお！

やわらかい春の風を感じながら、ガーッと白飯をかっこんでいる秘英知さんの姿が目に浮かぶよね。

浮かびます！　浮かびます！

それじゃあ、逆に、「動きがあって」「暗い」③の心情にしたい場合は、どんな季語が合うと思う？　左に代表的な五音の春の季語を並べたので参考にしてみて。

春深し、つくしんぼ、春の雷(らい)
水温む(みずぬる)、冴返る(さえかえる)、春愁(はるうれい)……

「春の雷」ですかね。

それもOK。他にはどう?

うーん……。夏井先生、この「冴返る」というのは何でしょうか?

「冴返る」っていうのはね、春になって、いったんゆるんだ寒さが、またぶり返すことをあらわす季語ね。

それなら、「冴返る」は、③の心情に合いますね。

じゃあ、「冴返る」を取り合わせて、句を完成させてみて。

はい! では……、

早弁を五分でかっこむ冴返る

なんだか、弁当の味も変わった気がします（笑）。

そうなのよ。さっきの「春の風」のときと比べると、弁当も冷え切っていて、おいしくなさそうな感じがするし、空気の冷たさやバタバタした雰囲気なんかも伝わってくるよね。それに、心も冴返っているのかもしれないよ。ひょっとしたら、得意先からクレームがあって謝罪に行く前に、憂鬱（ゆううつ）な気分で急いで弁当を食べたのかもしれない。そんな様子も「冴返る」という季語から想像できるわけです。

す、すごい！

他にも、春にふと感じる物悲しさをあらわす「春愁」という季語であれば、「静かで」「暗い」④の心情と相性がいいね。

本当に、季語一つで、俳句の雰囲気がガラリと変わりますね。

そうね。加えていうと、季語は微妙（びみょう）なニュアンスをたくさん含んでいます。「春愁」

も、鬱々とした気分が強ければ④の心情かもしれないけど、たとえば〝恋〟の愁いになると、「静かで」「明るい」②の心情になるかもしれない。

なるほど。

一つひとつの季語が、「ズバリ、ここの心情です！」と決まっているわけではないんです。人によって、受け取り方が変わる場合もあるの。つまり、**季語は「点」ではなく「エリア」をあらわしている**のね。

「点」ではなく「エリア」……。

しっくりくる季語を歳時記で選ぶ

もう一度、最初にできた句「早弁を五分でかっこむ春の風」を見てみましょう。さっきは私が勝手に「春の風」と取り合わせたけど、秘英知さんの心情と少しずれているかもしれない。もっとぴったりの季語があるかもしれないよ。

もっとぴったり……。

そのとき必要になってくるのが……、**歳時記**！　季語の意味や季節感、微妙なニュアンス、よりふさわしい季語はどれか、などを調べる際に便利ですよ。

あっ、一時間目に出てきましたね。

よく覚えていました。まだ秘英知さんは持っていないと思うので、今日は私の歳時記を貸してあげよう。

ありがとうございます！

たとえば、春の季節の「風」だけでも、いろいろあるよ。

(歳時記をめくりながら)「木の芽風」「風光る」……。

「木の芽風」は、樹々の新芽が出る頃に吹く爽やかな風のこと。「風光る」は、春になって風がキラキラ光る様子をあらわす季語ね。

なるほど。他には……、「春疾風」。

春に激しく吹き起こる突風のことね。動きがあります。

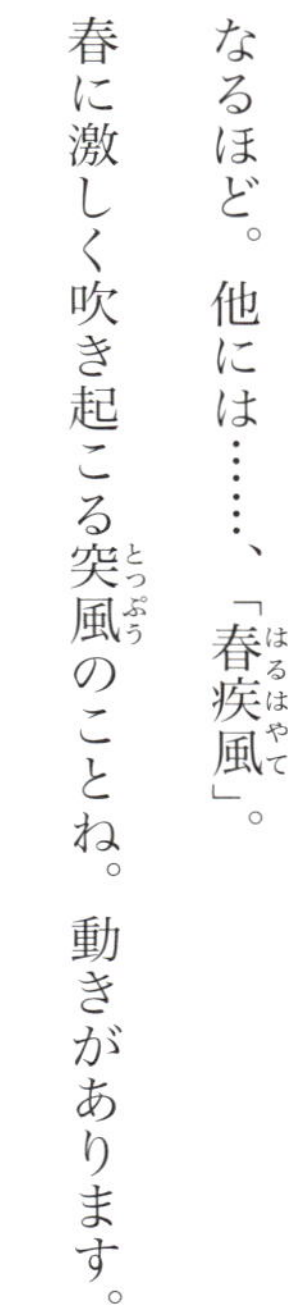
「春疾風」！「早弁を五分でかっこ」んだときの私の心情は、これに近い気がします。実は、「夏井先生に今日は何をいわれるのかな……」と少し憂鬱な気分で、早弁をかっこんだんです。まさに私の心には突風が吹いていました（笑）。

私は嵐を呼ぶ女じゃないよ（笑）。まぁ、でも、一句できたね。

早弁を五分でかっこむ春疾風

おお！　しっくりきました。

そのしっくりが大切。季語を選ぶ作業は、本人にしかできないの。心情にぴったり合うかどうかは、他人には判断できないからね。季語にこそ、作者の心情が込められるんです。今日の最初に、「十二音の『俳句のタネ』には、『うれしい』『悲しい』などの感情をあらわす言葉を入れない」といったのも、これが理由です。**季語が心情を代弁してくれるから、あえて「俳句のタネ」に感情を入れる必要がない**のよ。

なるほど！　そういうことだったんですね。納得です。

秘英知さん、もう一つ「俳句のタネ」が残っているよ。

あっ、そうでした。「タイトル決めてゲラを出す」ですよね……。

このときは、どんな心情だったの？

タイトル一つで原稿の印象がガラリと変わるので、「いいタイトルにするぞ！」と、一人静かに闘志(とうし)を燃やしていました。

勇ましいね！　それじゃあ、「静かで」「明るい」②の心情で季語を探してみようか。

はい！　（歳時記をめくりながら）……「春の朝」なんて、どうでしょう。

春の朝タイトル決めてゲラを出す

いいね！　「朝までかかって完成させた」あるいは「朝一番に仕事を仕上げて気分スッキリ」とも読めるね。その判断は読み手に委(ゆだ)ねられます。

季語っておもしろいですね！　歳時記、さっそく帰りに買ってみます。

STEP③ 心情に合う五音の季語と取り合わせる

ちなみに、前回と同様に、「十二音日記」の作り方を図でも見てみましょう。

「十二音日記」の作り方

STEP①

五音か七音の言葉、もしくは五音か七音になりそうな言葉を探す

STEP②

①を「五・七」「七・五」の十二音に膨らませて「俳句のタネ」にする

STEP③

心情に合う五音の季語と取り合わせる

Ⅰ.「五・七」パターン

上五・中七：「五・七」の十二音日記
早弁を五分でかっこむ

下五：五音の季語
春疾風

ポイント

①「上五」「中七」は、十二音のひと続きのフレーズになっている
②「下五」に季語を置く（「上五」「中七」には季語を入れない）
③「下五」の季語と「上五」「中七」の「俳句のタネ」には、まったく関連はない
④「上五」「中七」と「下五」の間に意味の切れがある

Ⅱ.「七・五」パターン

上五　中七　下五

五音の季語　**「七・五」の十二音日記**

春の朝　タイトル決めてゲラを出す

ポイント

①「中七」「下五」は、十二音のひと続きのフレーズになっている
②「上五」に季語を置く（「中七」「下五」には季語を入れない）
③「上五」の季語と「中七」「下五」の「俳句のタネ」には、まったく関連はない
④「上五」と「中七」「下五」の間に意味の切れがある

十二音日記で、たくさん「俳句のタネ」を集めて、俳句を作ってみます！

次回までの
宿題

「十二音日記」で十句作ってみよう

STEP①

五音か七音の言葉、もしくは五音か七音になりそうな言葉を探す

STEP②

①を「五・七」「七・五」の十二音に膨らませて「俳句のタネ」にする

STEP③

心情に合う五音の季語と取り合わせる

Ⅰ.「五・七」パターン

上五　中七　下五

「五・七」の十二音日記 〰 五音の季語

Ⅱ.「七・五」パターン

上五　中七　下五

五音の季語 〰 「七・五」の十二音日記

5時間目

完成した句をチェックしよう

作った句の良し悪しは、どう判断する？

ブツブツ……。（指を折りながら、何かをつぶやいている）

秘英知さん、どうしたの!?

はっ！　大変失礼しました。四時間目で「十二音日記」を学んでから、五音と七音の言葉を探す癖（くせ）がついてしまいまして……。視界に入った物の音数を、ついつい数えてしまうんです。

そういうことか（笑）。何かに取（と）り憑（つ）かれたのかと思って心配したじゃない。

ご心配をおかけしました（汗）。それと、人と会話をしているときも、無意識のうちに「五・七」「七・五」調になっているようでして……。つい先日も、同僚に「大丈夫?」と、真顔で心配されたところです。

ははは（笑）。でも、俳人としては、いい傾向よ。俳句を作るうえで、五音と七音の言葉に敏感になることは、とても大切だからね。

はい……。俳句に魂を奪われないように気をつけます。

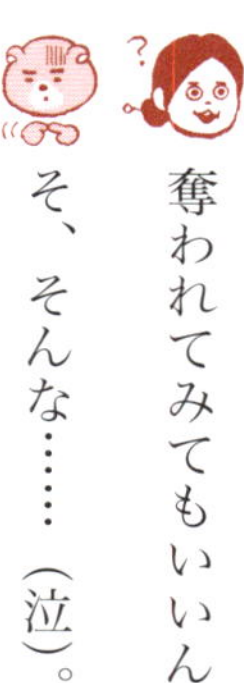
奪われてみてもいいんじゃない？

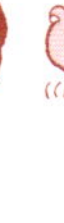
そ、そんな……（泣）。

さてさて（笑）、五時間目は、**作った句をチェックする方法**を学びましょう。作りっぱなしではなく、客観的な視点で句を確認することで、作った句の良し悪しを判断できるし、よりよい作品になるよう句を磨いていくこともできるからね。

そのことについて、ちょうど夏井先生に質問したかったんです！「尻から俳句」や「十二音日記」で俳句を作っても、そもそも自分が作った句が、いいのか悪いのかわからずモヤモヤしていました。

グッドタイミングね。せっかくだから、秘英知さんが作った句をもとにチェック方

法を学んでいこうよ。最近作った句を見せてもらってもいい？

では、「十二音日記」で作った句を……。次の三句が一例です。

①米を研ぎ指がしびれる春寒し

②冴返る夫婦そろって九度三分

③風光る責了印を強く押す

こ、これは……。とてもいいものがあるね。

ほ、本当ですか!?

初心者がやりがちな失敗を見事にしてくれています（笑）。

そっちの意味ですか（泣）！

三つのポイントでチェックする

作った句をチェックするポイントは、いろいろあるんだけど、秘英知さんのような初心者に確認してほしいポイントは三つです。

三つ……。

まず一つ目は、「**季語の『本意（ほい）』をつかむ**」ということです。季語の働きについては、前回の授業で確認したよね。

はい。俳句では、感情をそのまま言葉にせず、季語を通して表現するのが基本です。十二音の「俳句のタネ」には、「うれしい」「悲しい」といった感情をあらわす言葉を入れなくても、読み手には感情が十分に伝わると学びました。

よく覚えていました。季語の力を信じて、季語に想（おも）いを託（たく）すことが大切なのね。

前回の授業の帰り道に、さっそく歳時記を買って、移動中などに眺めています。

すばらしい！　歳時記で季語を一つ知ったら、その季語を使って、実際に俳句を作ってみてね。使うことで、季語に対する理解がグッと深まるから。それと、単に知識として季語を覚えるだけでなく、実際に季語に触れたり、季語の現場を体験したりして、季語を自分のものにしてみてください。

季語を自分のものにする……？

たとえば、「薫風」という夏の季語があります。初夏の若葉のなかを吹く清々しい風のことね。この「薫風」を歳時記で知って、五月のある晴れた日に風を感じたとします。すると、風を感じた瞬間に「これが『薫風』か！」と実感するわけです。これまでの人生で何度も「薫風」を感じていたはずなのに、ハッと気づく。そんな実体験を経ると、季語の意味が身体にストンと入って、自分のものになるよね。

なるほど！　自分の体験が季語とつながると、季語に対するイメージが膨らみますね。俳句を作ることが、より楽しくなりそうです。

その通り。俳句の主役である季語を味わい尽くしましょう。それに、十七音しかない俳句では、季語は多くの情報をもたらしてくれる魔法の言葉でもあるの。

魔法の言葉……。

たとえば、春の季語である「桜」を思い浮かべてみて。単に春という季節をあらわすだけでなく、桜の色や眺める人の楽しげな気分、やわらかな日差しや風、入学式や入社式といった人生の節目なんかも一気に思い起こさせてくれるよね。

確かに。「桜」と聞いただけで、いろいろなことを連想します。

秘英知さんがいろいろ語らなくても、「桜」という季語一つで、たくさんの情報が読み手に伝わるよね。前置きが長くなったけど、こんなふうに**季語がもともと持っている情報のことを、本当の意味と書いて季語の「本意」**といいます。俳句では、この「本意」を意識することが、とても大切なの。

ホイ……。

たとえば、秘英知さんが披露（ひろう）してくれた、①「米を研ぎ指がしびれる春寒し」を見てみると、「本意」のことがよくわかるよ。あっ、ちなみに、さっき「初心者がやりがちな失敗をしている」といったのは、この句のことなんだけどね（笑）。

これでしたか……（汗）。どこに失敗が……？

失敗というか、もったいないのよ。この句の季語である「春寒し」には、文字通りの「寒さ」や、それに伴う「冷たさ」「しびれ」といった皮膚（ひふ）感覚などが「本意」として、もともと入っているわけです。その「本意」をおさえたうえで、もう一度、①「米を研ぎ指がしびれる春寒し」の句を眺めてみて。何か気づくことはない？

うーん……。あっ、「しびれる」の部分がダブって……。

その通り！「春寒し」の「本意」には、既に「しびれる」という皮膚感覚が含まれているので、あえて「しびれる」と言葉にする必要はないの。

なるほど！

「しびれる」と言葉にしなければ四音節約できるわけです。ここに新たな情報を入れられると、より具体的な映像を持った句、つまりいい句になります。たとえば、「朝」「深夜」といった時間をあらわす言葉を入れてもいいよね。十七音という限られた音数しかない俳句では、意味の重なりは、とてももったいないからね。

CHECK① 季語の「本意」をつかむ

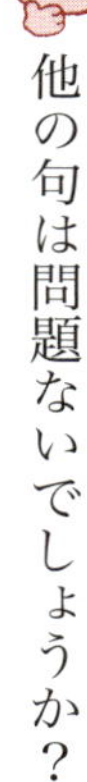

他の句は問題ないでしょうか？

もう一つ、もったいない句があります。

まだありましたか……（汗）。どれでしょうか……？

先に答えをいうと、②「冴返る夫婦そろって九度三分」なんだけど、どこがもったいないかわかる？　よーく見てみて。

うーん……。あっ、季語ではないのですが、「夫婦」といっているので「そろって」とあえていわなくても……。

よくわかったね。正解です。これも初心者がやりがちなことなんだけど、同じような意味の言葉が重複して入ってしまうことが結構あるの。逆にいうと、一句のなかに意味の重複がないかを自分でチェックして解消するだけで、その句は格段によくなります。これがチェックポイントの二つ目**「意味の重複を確認する」**です。

なるほど。どうやってチェックすればいいのでしょうか？

一つの方法として、左のように、句の横にそれぞれの単語が、どんな情報を持っているのかを書き出してみると、意味の重複に気づきやすくなるね。

意味の重複チェック方法

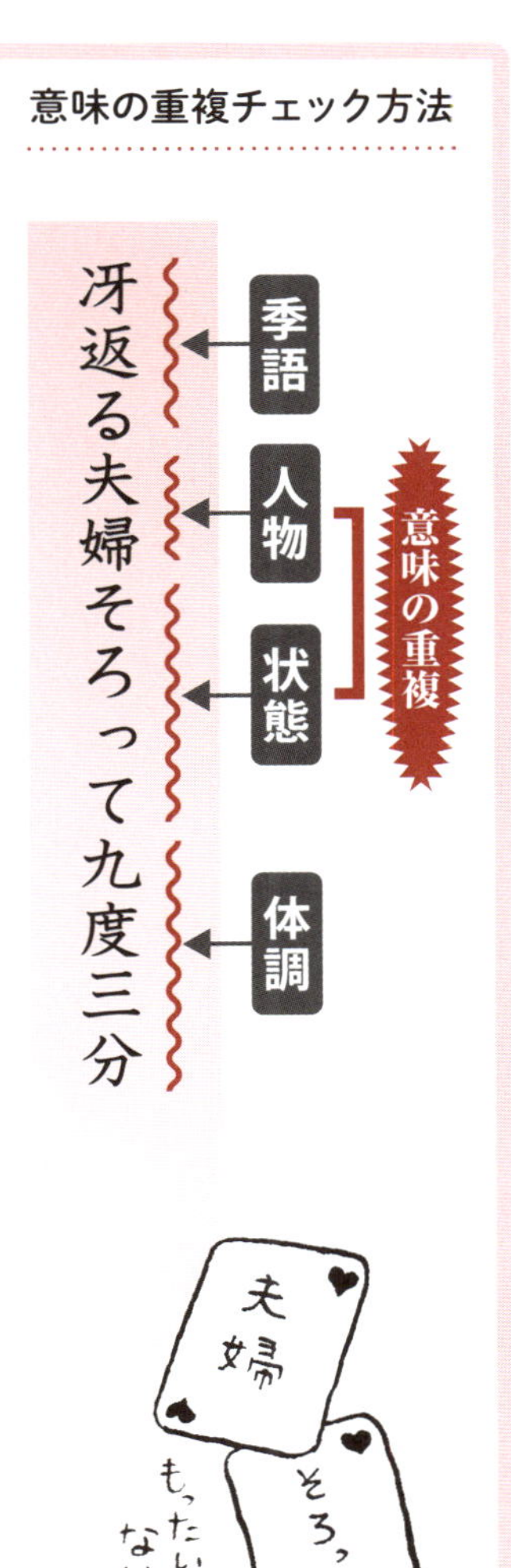

確かに、こうやって、どんな要素が入っているのかを書き出してみると、自分の句を客観的に見ることができますね。

CHECK② 意味の重複を確認する

さらに余裕があれば、「**五感を複数入れる**」と、もう一段ステップアップできるよ。これが三つ目のチェックポイントです。

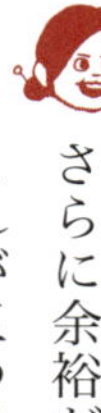
「五感を複数入れる」というのは……？

たとえばね、『俳句のタネ』に音の要素が入っていないから、季語には音を感じるものを入れてみよう」とか「この句には、嗅覚と触覚の二つの感覚を入れてみよう」といった具合に、一句のなかに複数の感覚を重複せずに入れられると、句に奥行きを出すことができるの。

なるほど。でも、難しそうですね……。

そうね。これは中級者以上の技なので、初心者の秘英知さんには、最初は難しいと思います。できたらでOKよ。まずは二つのチェックポイント「季語の『本意』をつかむ」と「意味の重複を確認する」を意識してみましょう。

CHECK③ 五感を複数入れる

まとめ

3つのポイントで作った句をチェック

CHECK①
季語の「本意」をつかむ

CHECK②
意味の重複を確認する

CHECK③
五感を複数入れる（※できたらOK）

さて、残った③「風光る責了印を強く押す」だけど、これはとてもいい句だね。

またもや失敗例としてですか……（泣）？

いやいや（笑）。本当に、いい句です。この句には、意味の重なりがまったくありません。この時点で、既にすばらしい。

おお！

それに「責了印」という単語一つで、どういう立場の人が、なぜこの印を押しているのかが伝わります。しかも、「強く押す」で、指の感触や「これで大丈夫」というキッパリとした心情も表現できている。そして、「風光る」という気持ちのいい春の季語が俳句全体を包んでいるわけです。「才能アリ」の句ね！

えっ!?

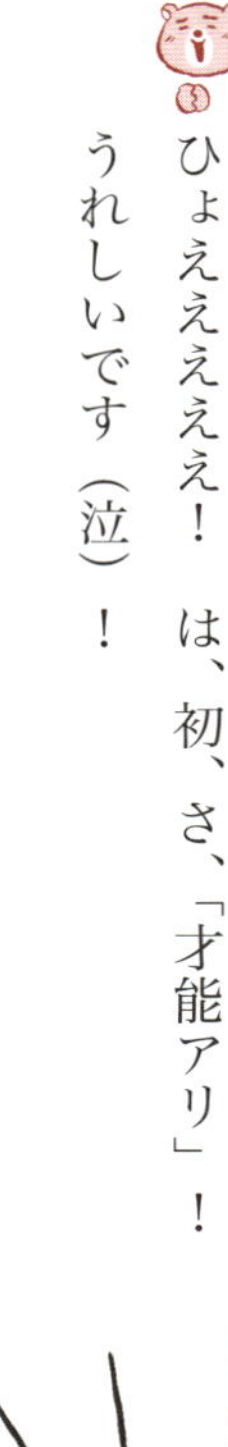

「才能アリ」よ！　これまでの句のなかで一番の出来です。

ひょえええええ！　は、初、さ、「才能アリ」！

うれしいです（泣）！

俳句を作るときの三つの基本

初「才能アリ」おめでとう。爽やかで、編集者らしさが感じられる、いい句だね。

風光る責了印を強く押す

うれしいです！　まさか「才能アリ」をいただけるとは……。ビックリしました。この句は〝まぐれ〟でできたものですが（笑）、これからは、さっき学んだ方法で、作った句をきちんとチェックして、よりよい句にしていきたいと思います。

いい心掛けね。ちょうどいい機会だから、いつも私が初心者の人にお伝えしている三つのアドバイスも伝授しておきましょう。

三つのアドバイス……。

これから秘英知さんが俳句を続けていくうえで道しるべとなる基本の考え方です。迷ったときやスランプに陥（おちい）ったときは、この基本に立ち返ってみてね。

はい！

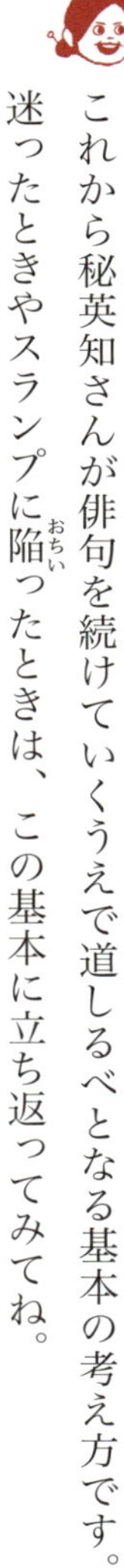

まず一つ目は、「**〝なるべく〟『五・七・五』で俳句を作る**」ということです。俳句の世界では、「五・七・五」のことを「**定型**（ていけい）」といいますが、この「五・七・五」のリズムは、日本人の耳になじみやすく、自然と身体の内側に響（ひび）きます。

確かに。標語やキャッチコピーが「五・七・五」のリズムになっていると、なんとなく心地よくて、すぐに覚えてしまいます。

そうよね。日本人の遺伝子（いでんし）に「五・七・五」のリズムが刻み込まれているんじゃないかってくらい、日本人は、このリズムが大好きなの。だから、秘英知さんのような初心者は、このリズムを使ったほうがトクなんです。

なるほど！

俳句の世界には、「定型」から外れた「字余り」や「字足らず」、また「五・七・五」にとらわれない「自由律（じゆうりつ）」といったのもあるんだけど、これらは上級者でも難しい技なの。だから、初心者の秘英知さんは、しばらく無視しておいていい（笑）。まずは、徹底的に「五・七・五」の「定型」を意識してみてね。

はい！

まぁ、初心者のうちは、前回の授業で秘英知さんが作った句、「早弁を五分でかっこむ春疾風」の「中七」のように、「五・七・五」の「定型」にぴったりおさまらない場合もあると思うけど、それはそれでOK。恐れずに、どんどん作ってみることのほうが大切です。

わかりました！

俳句の基本①〝なるべく〟「五・七・五」で俳句を作る

次に二つ目は、「**『一句一季語』を意識する**」ということです。実はね、俳句の世界には、一句のなかに季語が複数入っている「季重（きがさ）なり」の句や、季語が一つも入っていない「無季（むき）」の句なんてのもあるの。

そんな句があるんですか!?

そうなのよ。でも、「季重なり」も「無季」も上級者向けの技なので、これまた、秘英知さんは、しばらく無視しておいていい（笑）。「一句一季語」は、初心者が失敗しにくくなるための愛の教えだと思ってね。

愛の教え！　でも、なぜ初心者は「一句一季語」がいいのでしょうか？　さっき「季語は魔法の言葉」と学びましたが、複数入れるほうがトクな気がしますが……。

それはね、季語が俳句の主役だから。俳句は十七音しかないでしょ。そんな短いストーリーに主役が二人、三人といては、収拾がつかなくなるの。

なるほど……。

だから、まずは「一句一季語」を意識してみてね。

はい！　夏井先生の愛の教えを守ります。

それでよし！　でも、まぁ、初心者のうちは、三時間目に秘英知さんが「汗」を夏の季語だと知らなかったように、そもそも何が季語かわからないから、知らないうちに季語が複数入って「季重なり」になっている場合があるけどね。

気づかず入れてしまいそうです……（汗）。どうすれば防げるのでしょうか？

こればかりは仕方ないよ。歳時記と親しむうちに、自然と季語を覚えていくので大丈夫。時に間違えながら、一つひとつ季語を覚えていきましょう。

わかりました！

俳句の基本②「一句一季語」を意識する

そして、最後の三つ目は、「**『切れ字』をうまく使う**」ということです。二時間目に少し触れたけど、「切れ字」のこと覚えている？

あったような、なかったような……。なんか痛そうな名前ですね。ちなみに、私の父は「切れ痔」持ちですが……。

お尻のほうじゃないよ（笑）。

古池や蛙飛びこむ水の音

この「古池や」の「や」が「切れ字」です。

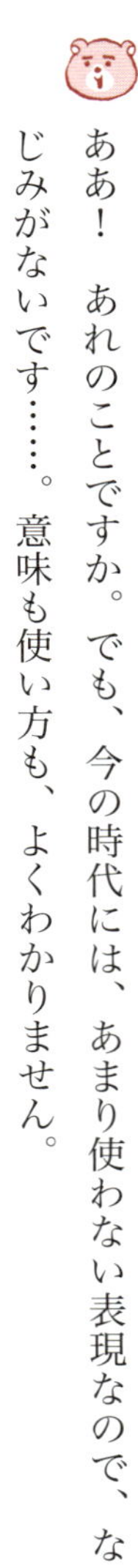

ああ！　あれのことですか。でも、今の時代には、あまり使わない表現なので、なじみがないです……。意味も使い方も、よくわかりません。

そうね。でも、俳句において「切れ字」がもたらす効果は絶大です。初心者の強力な味方になってくれるよ。「切れ字」は奥が深いので、次の授業で詳しく見ていくことにしましょう。

はい！

俳句の基本③「切れ字」をうまく使う

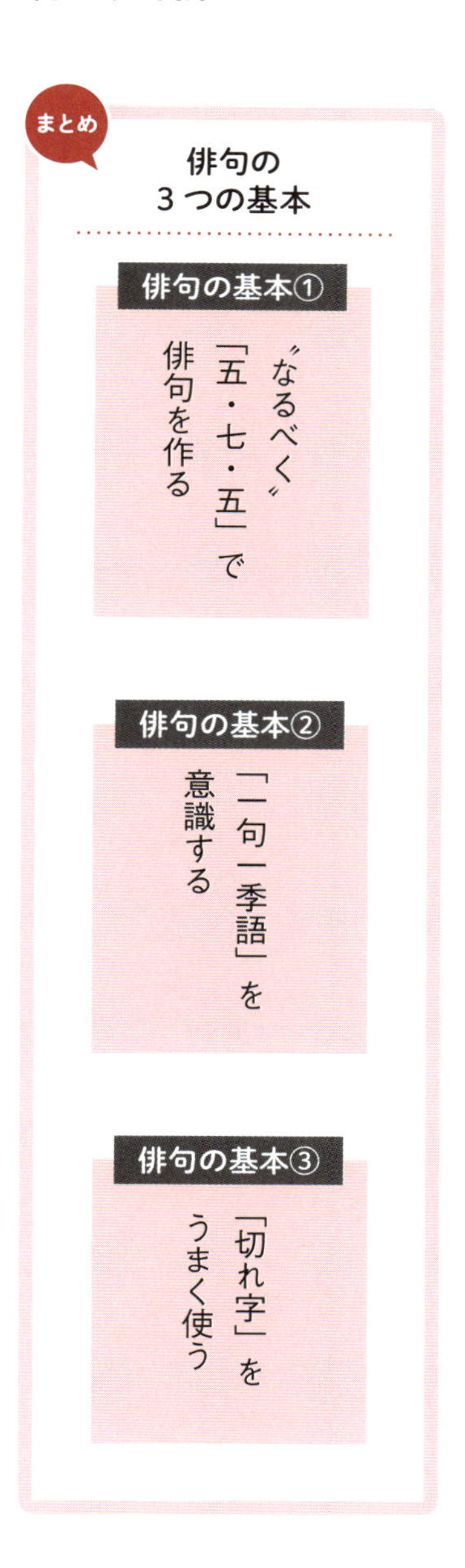

次回までの
宿題

これまでに作った句をチェックしてみよう

一

季語の「本意」をつかむ

二

意味の重複を確認する

三

五感を複数入れる（※できたらでOK）

6時間目 

「切れ字」を使ってみよう

「切れ字」には、こんな効果がある

古池や蛙飛びこむ水の音

前回の授業で、「古池や」の「や」が「切れ字」だと再確認しました。六時間目は、この「切れ字」について詳しく学ぶんですよね。

そうです。「切れ字」の効果は絶大で、使えるようになると、本当にトクをするよ。『切れ字』を制する者は、俳句を制す」といってもいいくらいね。

そ、そんなにですか！　具体的には、どんな効果があるのでしょうか？

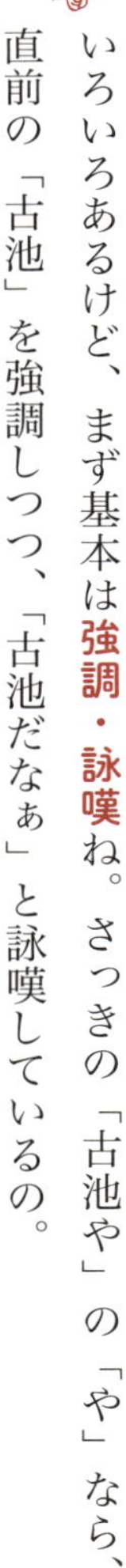

いろいろあるけど、まず基本は**強調・詠嘆**ね。さっきの「古池や」の「や」なら、直前の「古池」を強調しつつ、「古池だなぁ」と詠嘆しているの。

なるほど。

加えて、**映像を切り替えて、二カットの俳句にする**効果もあるよ。

映像を切り替える？

たとえば、「古池や」を「古池に」に変更してみると、どう？

古池に蛙飛びこむ水の音

「古池に」……。意味としては、こちらのほうがわかりやすいような気もしますが。

そうかもしれないね。でも、「古池に」だと、一句の意味が直線的になって、最後までひと息でスーッと読めて、印象が薄くならない？

うーん……。

一方、元の句のように「古池や」だと、「や」の後で一度映像が切れるの。すると、この少しの間に、人間はいろいろな想像をするわけです。「古池があるのか」「どん

な場所なのかな」「深いのかな」「広いのかな」「水はきれいなのかな」「近くには他に何があるのかな」なんてね。

なるほど……。

そして、「古池」を想像した後に映像が切り替わって、「蛙」や「水の音」が出てくる。すると、句の印象がグッと鮮（あざ）やかになるの。

そんな効果があったとは！

他に、**省略**の効果もあるよ。俳句は十七音しかないから、何かを詳しく説明したり、あれこれ入れたりしようとすると、収拾がつかなくなるの。そこで、省略することが重要になるんだけど、その際、「切れ字」が大きな役割を果たします。

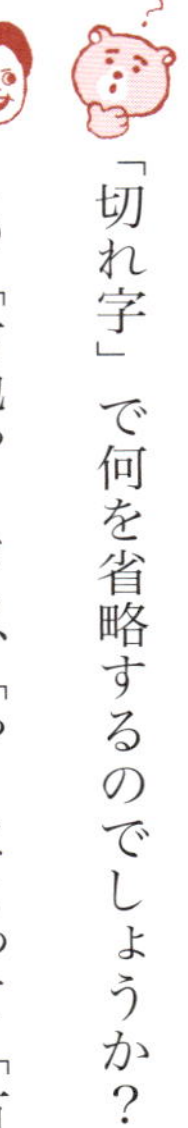

「切れ字」で何を省略するのでしょうか？

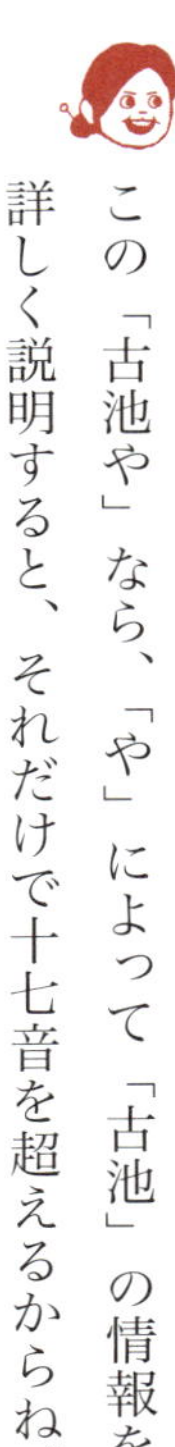

この「古池や」なら、「や」によって「古池」の情報を省略しています。「古池」を詳しく説明すると、それだけで十七音を超えるからね。

なるほど。情報を省略しても特に問題はないのでしょうか？

それは大丈夫。むしろ必要な情報以外を省略することで、読み手それぞれが自由に「古池」を想像してくれるの。つまり、**「切れ字」は、必要最低限の情報以外を省略しながら、連想も拡(ひろ)げてくれる**のね。

なるほど！「切れ字」の裏に、いろいろな情報が隠れているんですね。

その通り。他にも、「切れ字」には、**俳句らしい風格を生む**効果もあるよ。「古池や」と「古池に」を比べると、やっぱり「古池や」のほうが、はるかに凛(りん)とした雰囲気が出ているよね。

確かに。俳句らしさを、より感じますね。

それに、俳句は韻文なので、詩情に乏しいダラダラとした散文的な表現は嫌われるんだけど、「切れ字」をうまく使うことで、俳句にリズムが生まれて、散文っぽさをある程度解消できるの。

夏井先生、韻文というのは……？

辞書で調べてみなさい！

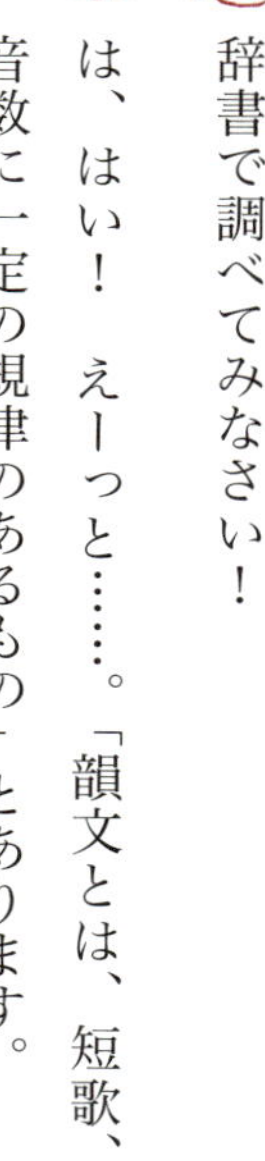

は、はい！　えーっと……。「韻文とは、短歌、俳句のように言語・文字の配列や音数に一定の規律のあるもの」とあります。

そう。韻文の逆が散文ね。私たちが日常的に触れている、小説、新聞、ネットニュース、メール……など文字数や音数に制限のない文章のことです。

なるほど。たった一文字「や」だけで、こんなにたくさんの効果が生まれるなんて、「切れ字」って、すごいですね。確かに、「『切れ字』を制する者は、俳句を制す」といっても過言ではなさそうです。

「切れ字」は、初心者の心強い味方になってくれるからね。秘英知さんも積極的に使ってみてください。

切れ字ってすごい！

キュン♡

まかせろ

「や」「かな」「けり」

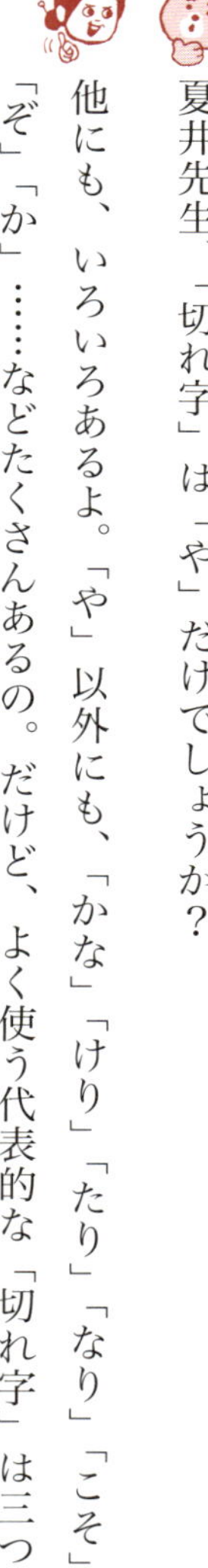

夏井先生、「切れ字」は「や」だけでしょうか？

他にも、いろいろあるよ。「や」以外にも、「かな」「けり」「たり」「なり」「こそ」「ぞ」「か」……などたくさんあるの。だけど、よく使う代表的な「切れ字」は三つね。それが、**「や」「かな」「けり」**です。秘英知さんのような初心者は、まずこの「や」「かな」「けり」をしっかり理解することが大切です。

わかりました！

ちなみに、この「や」「かな」「けり」は、すべて強調・詠嘆をあらわすんだけど、ニュアンスや使い方がまったく異なります。

どう違うんですか？

ひと言で表現すると、**「や」は〝きっぱり〟、「かな」は〝しっとり〟、「けり」は〝どっしり〟**といったイメージの「切れ字」ね。

抽象的ですね（笑）。わかるような、わからないような……。

そうよね（笑）。順に詳しく見ていくと、それぞれのニュアンスをつかめると思うから安心して。それじゃあ、まずは「**や**」から。これは、**直前の言葉をシンプルに強調・詠嘆する「切れ字」**です。

古池や蛙飛びこむ水の音

何度も登場する松尾芭蕉の句だけど、この「や」が、直前の「古池」を〝きっぱり〟強調・詠嘆しているの。仮に「蛙や」だと「蛙」を、「飛びこむや」だと「飛びこむ」を、「音や」だと「音」を強調・詠嘆します。とにかく直前の言葉をシンプルに強調・詠嘆するのが「や」ね。

なるほど。「や」は名詞だけでなく動詞にもつくんですね。

そうね。「や」は、名詞または活用語の終止形・連体形・命令形など、いろいろな言葉の後ろにつけることができます。

夏井先生、活用語というのは……？

語形が変化する単語、つまり動詞・形容詞・形容動詞・助動詞のことね。ここでは**「や」は「切れ字」のなかで一番何にでもつく**と覚えていればＯＫです。

わかりました！

次に「かな」。これは、**「私はこう感じるけど、あなたはどう思いますか」という判断の揺らぎを相手に託す「切れ字」**です。

これも松尾芭蕉の句ですが、この「かな」によって、「桜を眺めると、いろいろなことを私は思い出します。あなたは、どうでしょうか」というニュアンスが生まれます。〝きっぱり〟と強調・詠嘆する「や」に比べて、「かな」には〝しっとり〟と

した余韻があるでしょ。

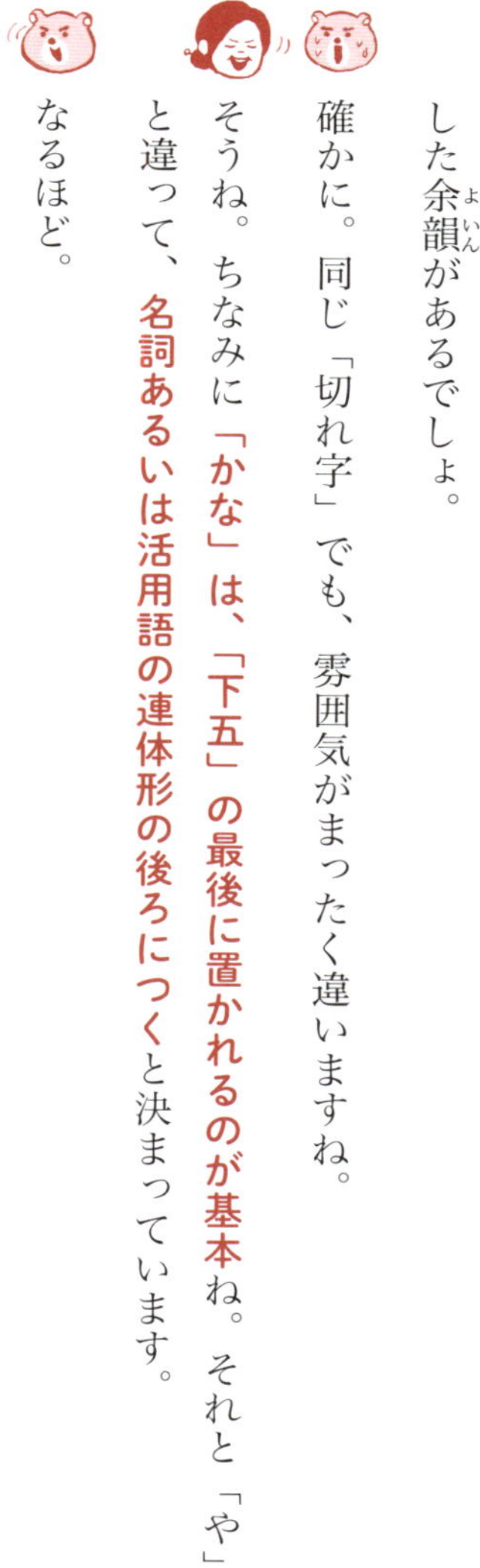

確かに。同じ「切れ字」でも、雰囲気がまったく違いますね。

そうね。ちなみに**「かな」は、「下五」の最後に置かれるのが基本**ね。それと「や」と違って、**名詞あるいは活用語の連体形の後ろにつく**と決まっています。

なるほど。

そして、最後の「**けり**」。これは、**今まで気づいていなかったことにハッと気づいたときの驚きをあらわす「切れ字」**ね。

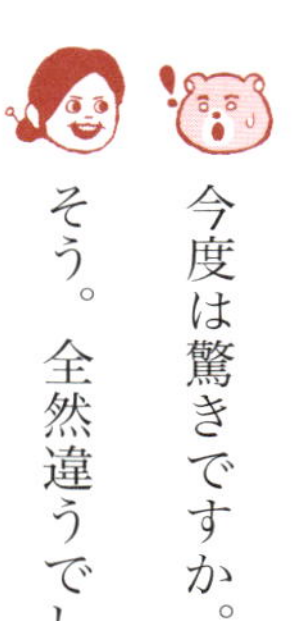

今度は驚きですか。

そう。全然違うでしょ。

赤とんぼ筑波に雲もなかりけり

これは正岡子規の句ですが、この「けり」によって、「秋晴れの空に赤とんぼが飛んでいる。遠くの筑波山には雲一つない」という事実にハッと気づいたときの正岡子規の驚きが伝わってきます。

これまた雰囲気がまったく違いますね。

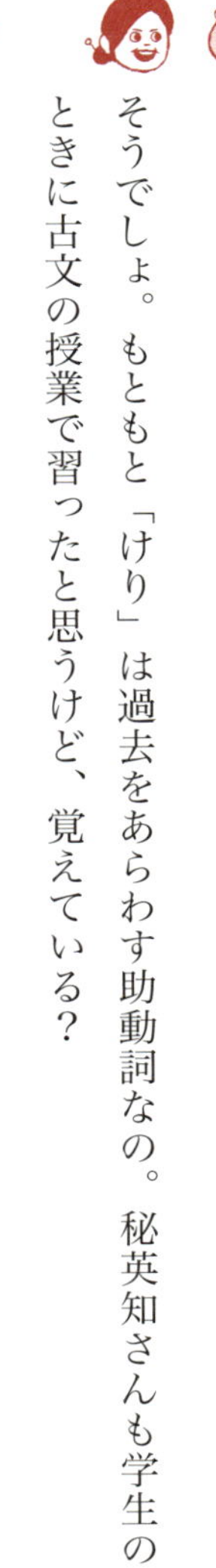
そうでしょ。もともと「けり」は過去をあらわす助動詞なの。秘英知さんも学生のときに古文の授業で習ったと思うけど、覚えている？

まったく覚えていません（笑）。古文は苦手だったもので余計に……。

あれま（笑）。

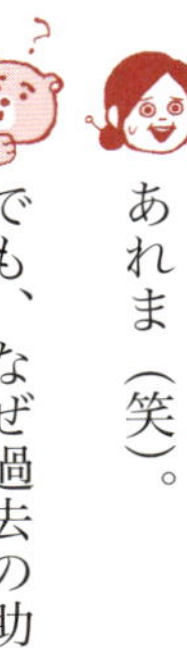
でも、なぜ過去の助動詞が驚きをあらわすのでしょうか？

そこに「けり」の秘密があるの。「けり」は驚きをあらわすといったけど、何に驚いたのかというと、**過去から今に至るまで、そこにずっと存在していた事実に対して**です。「赤とんぼ」も「筑波」も正岡子規が気づく前から、そこにあったわけだよね。だから、過去の助動詞が驚きの意味を持つようになったの。「けり」を使うと〝どっしり〟としたニュアンスが生まれます。

なるほど。

ちなみに、**「けり」も「下五」の最後に置かれるのが基本**ね。ただ、**「や」「かな」のように名詞にはつかず活用語の連用形の後ろにつく**と決まっています。

「切れ字」は奥が深そうです。

	や	かな	けり
イメージ	きっぱり	しっとり	どっしり
役割	直前の言葉をシンプルに強調・詠嘆する	判断の揺らぎを相手に託す	ハッと気づいたときの驚きをあらわす
位置	何にでもつく万能な「切れ字」	名詞あるいは活用語の連体形の後ろにつく	活用語の連用形の後ろにつく

そうね。すぐには理解できないかもしれないけど、今回の授業で学んだことを頭の隅（すみ）に置いて、実際に句を作ったり、名句を鑑賞（かんしょう）したりするうちに、徐々（じょじょ）に身についていくから大丈夫よ。

意識して使ってみます。

その調子。ただ、一つだけ注意点があって、**「切れ字」は「！」がつくほどの強い強調・詠嘆をあらわすので、一句に一つが基本**です。十七音しかない俳句に「！」が二つ以上あると、感動の焦点（しょうてん）がブレちゃうからね。

はい！　気をつけます。

俳句のもっとも基本的な型

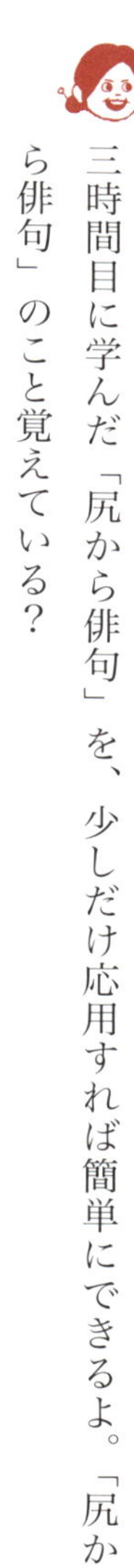

それじゃあ、最後に、何にでもつく万能な「切れ字」である「や」を使って、実際に俳句を作ってみようか。

はい！　でも、どうやって使えばいいのでしょうか……？

三時間目に学んだ「尻から俳句」を、少しだけ応用すれば簡単にできるよ。「尻から俳句」のこと覚えている？

もちろんです！　「下五」→「中七」→「上五」の順に、下から上に俳句を作る方法です。そのときは、

蝉しぐれ時の止まった腕時計

という句ができました。私の俳句デビュー作でもあります。

そうだったね。そのときは「上五」に「蝉しぐれ」という五音の季語を置いたけど、ここを「**四音の季語＋や**」にすれば、「切れ字」を使った句になります。たとえば、同じ夏の季語で四音の「風鈴（ふうりん）」を使うと、

風鈴や時の止まった腕時計

といった感じになるね。

おお！「や」を使うと、より俳句らしさが出ますね。風鈴の映像もありありと浮かんできます。それに、風鈴がかかる夏の縁側（えんがわ）の様子、そこにスイカや麦茶なんかが置いてあって、少し風が吹いてきて、心地よい風鈴の音が聞こえてきて……なんてことも想像してしまいます。

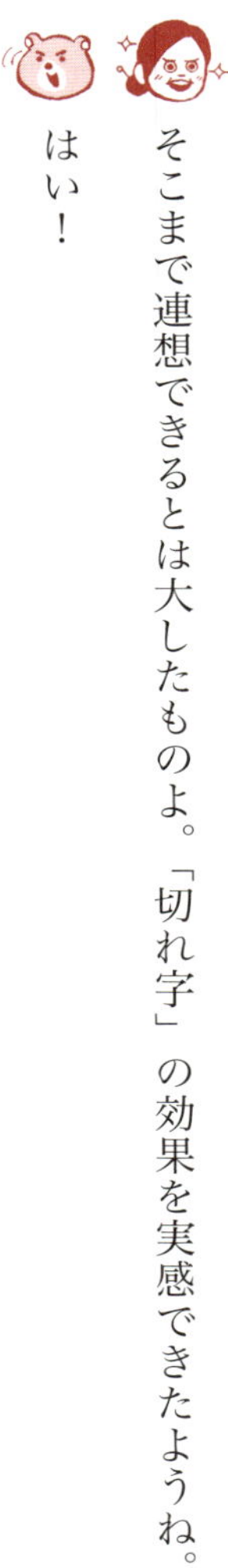

そこまで連想できるとは大したものよ。「切れ字」の効果を実感できたようね。

はい！

ちなみに、この「や」を使った「尻から俳句」は、俳句のもっとも基本の型です。
何百句と作って徹底的に身体に覚え込ませてね。
な、何百句！　がんばります！

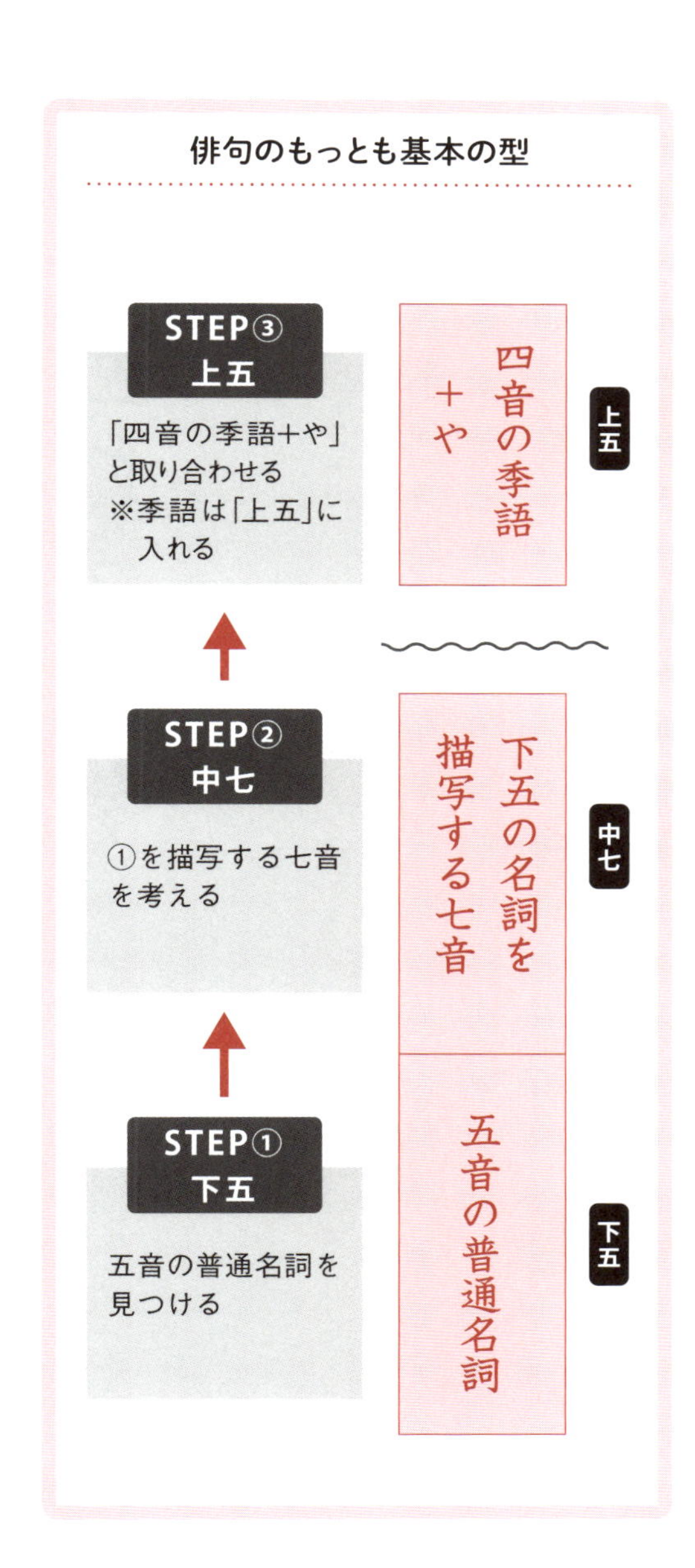

次回までの
宿題

「切れ字」を使ってみよう

一

「や」「かな」「けり」の違いを理解しよう

二

俳句のもっとも基本的な型で十句作ろう

上五

四音の季語
＋や

中七

下五の名詞を
描写する七音

下五

五音の普通名詞

7時間目

季語を観察してみよう

「一物仕立て」に近道はない

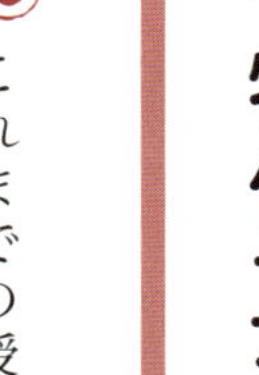

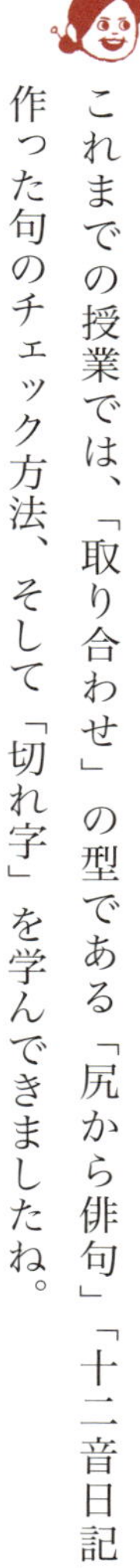

これまでの授業では、「取り合わせ」の型である「尻から俳句」「十二音日記」、作った句のチェック方法、そして「切れ字」を学んできましたね。

はい！　俳句がどんどん楽しくなってきました。

うれしいことをいってくれるね。それじゃあ、もうワンランクアップするために、今日は、俳句のもう一つの技である「一物仕立て」に挑戦してみようか。「一物仕立て」のこと覚えてる？

も、もちろんですよ。え、えーっと……（汗）。

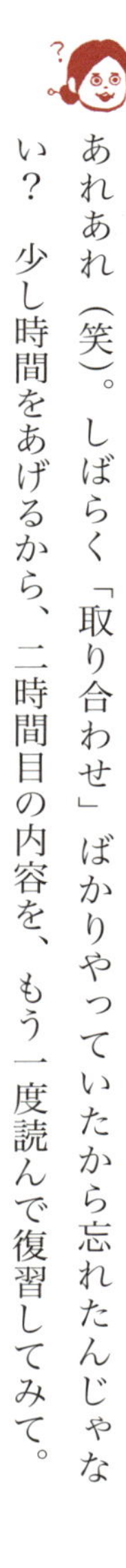

あれあれ（笑）。しばらく「取り合わせ」ばかりやっていたから忘れたんじゃない？　少し時間をあげるから、二時間目の内容を、もう一度読んで復習してみて。

—みなさんも二時間目の内容を復習してみてください—

夏井先生、思い出しました！　「一物仕立て」は、季語のことだけで俳句を作ることです。「一物」とは、季語のことをあらわしています。

復習できたようね。

はい。でも、「一物仕立て」のほうが「取り合わせ」より難しいんですよね？　他の人が気づいていないことを発見する必要があると……。

そうね。復習にもなるけど、たとえば、秋の季語である「紅葉」を観察するとします。すると、多くの人は、「赤ちゃんの手のようだ」なんていう、手あかのびっしりついた凡人的発想しか出てこないの。「一物仕立て」で「類想類句」が量産されてしまうのは、このためでしたね。

はい。オリジナリティーを出すのは難しそうです……。

だからこそ、二時間目で、「類想類句」を避けて、オリジナリティーのある「一物

仕立て」の句を作るためには、①観察力、②根気、③描写力、この三つの地道な力が必要だとお伝えしたんです。

でも、夏井先生、三つの地道な力が必要なのはわかりますが、平凡を絵に描いたような私には、酷（こく）ではないでしょうか……（泣）。

泣きべそをかかない（笑）。

あっ、「取り合わせ」のときの「尻から俳句」や「十二音日記」のように、簡単に俳句を作れる型はないのでしょうか？　それがあれば……。

甘い！　残念だけど、「一物仕立て」に近道はないの。だから難しいのよ。根気よく観察して描写するしかないわね。

そんな……。

でも、何かとっかかりがないと難しいと思うから、次の「**観察ワークシート**」を使ってみようか。この観察ワークシートは、あくまでも観察しやすくするためのものであって、観察するのは秘英知さんだからね！

はい……。

この観察ワークシートにあるように、観察には**「五感」＋「第六感」**を使います。「第六感」とは、連想力のことね。さっきの「赤ちゃんの手のようだ」もこれだけど、かなり陳腐（ちんぷ）！　俳句において、手あかのついた表現は嫌われます。

ワークシートという手がかりがあると、できそうな気がしてきました。

観察ワークシート

【季語】

五感

- **視覚（どんな色・形？）**
- **触覚（どんな手触り？）**
- **味覚（どんな味？）**
- **聴覚（どんな音？）**
- **嗅覚（どんなにおい？）**

第六感

- **連想力（何を連想する？）**

おっ、いいね。それじゃあ、さっそく何か季語を観察してみようか。そうね……、
秋の季語「蟋蟀（こおろぎ）」なんてどう？

（ビクッ！）虫は大の苦手で、写真で見るだけでも鳥肌（とりはだ）が……。

虫ダメなの!? 軟弱（なんじゃく）な都会っ子だね（笑）。

恥ずかしながら……。子どもの頃は、平気だったんですが。

でもね、秘英知さん、俳句には人を変える力があるの。たとえ大嫌いなものだったとしても、俳句を作ろうと一所懸命に観察するうちに克服（こくふく）できるのよ。そんな人を、私は今まで何人も見てきたんだから。この際、俳句を学びながら、軟弱な都会っ子を鍛（きた）え直してみましょうよ！

えっ!?

決めました。「蟋蟀」を観察するよ！

ひいいいいい（泣）！

そうしましょう！　ね？

む、無理です（泣）！

いや、秘英知さんならできる！　大丈夫。

そ、そんな……。ちょ、ちょっと外の風にあたってきます。

―二十分後―

おっ、戻ってきたね。顔が怖いよ（笑）。「蟋蟀」大丈夫そう？

（眉間（みけん）にシワを寄せながら）はい……。夏井先生に私の人生を預けます。

大げさな（笑）。でも、よかった。逃げ出したのかと思ったよ。

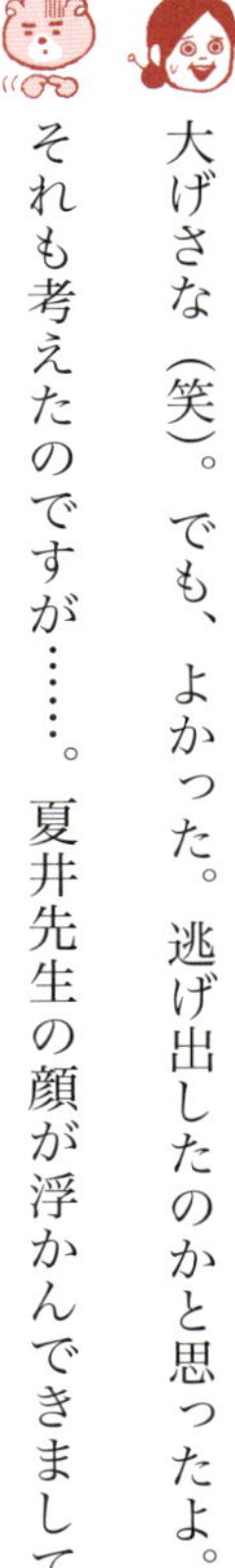

それも考えたのですが……。夏井先生の顔が浮かんできまして。「蟋蟀」も怖いのですが、夏井先生のほうがもっと怖いなと思って、引き返してきました。

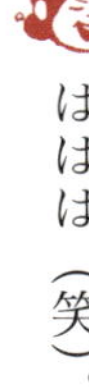

ははは（笑）。

ただ実物は無理なので、写真で観察させてください……。

まぁ、しょうがない。よしとしましょう。

（ホッ）

「五感」＋「第六感」で観察する

それじゃあ、さっそく観察を始めようか。観察ワークシートの順に、まずは「視覚」から。姿、色、艶（つや）、大きさ……、視覚にも、いろいろあるね。

（インターネットで写真を検索（けんさく）中）うっ……。写真でも、やっぱりキツいです。

顔をそらさない（笑）。本当は、実物を観察するのが一番いいんだけどね〜。

実物だけは絶対に無理です（泣）！

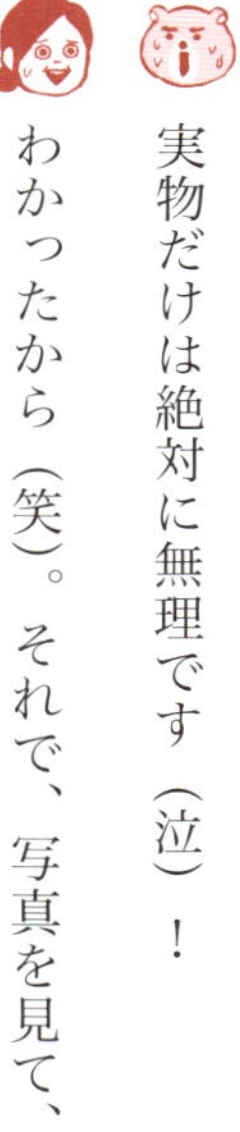
わかったから（笑）。それで、写真を見て、何か発見はあった？

「蟋蟀」のお尻から針のようなものが出ています……。

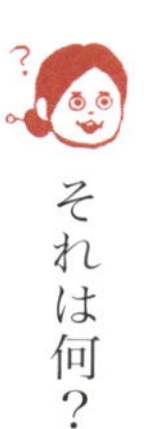
それは何？

（インターネットで検索しながら）メスにだけある「産卵管（さんらんかん）」のようです。

「産卵管」って名前なんだ。私もはじめて知ったよ。観察することで、また一つ学んだね。では、次に「**触覚**」で観察はできそう？

触（さわ）る……。絶対に無理です（泣）。

でしょうね（笑）。それじゃあ「**味覚**」。これは、いける？

も、もっと無理です（怒）！

冗談よ（笑）。では、「**聴覚**」はどう？　触ったり、食べたりできなくても、鳴き声を聴くことはできるんじゃない？

それなら。あれ、そもそも「蟋蟀」って鳴くのかな……。

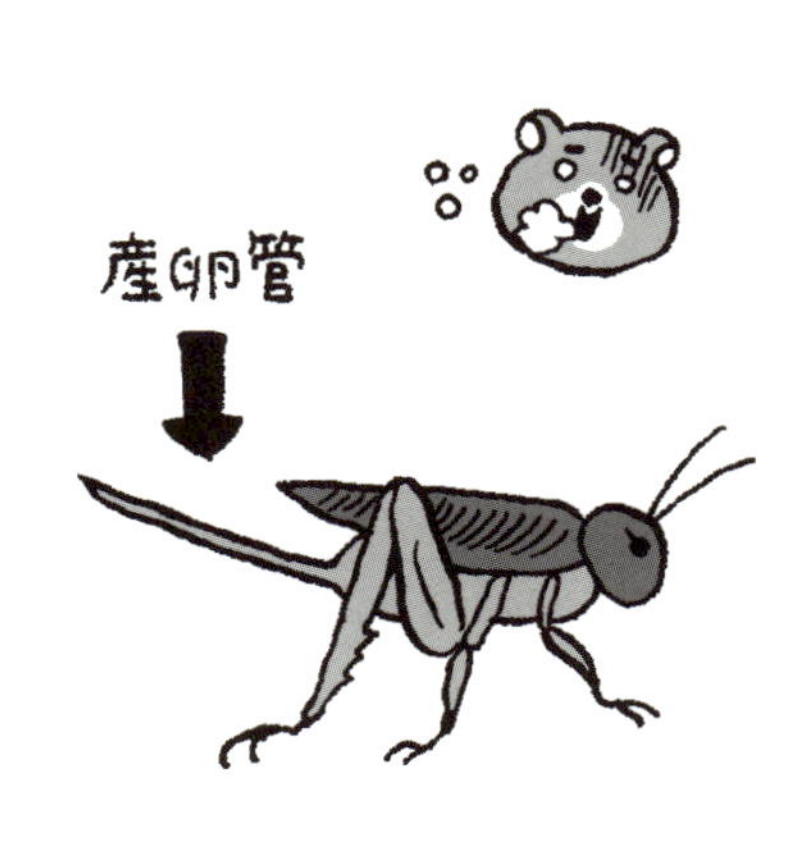

いいね〜。その困惑（こんわく）。観察しがいがあるじゃない。「聴覚」は、なんとかいけそうね。それじゃあ、**「嗅覚」**はどう？　「蟋蟀」そのもののにおいをかげなくても、生息地のにおいを想像してみるのもありね。

子どもの頃の記憶（きおく）からなら……。

それでもOKよ。「嗅覚」もいけそうね。**「第六感」**は？

後ろ脚（あし）がアスリートのように太くて立派です。

これは問題なさそうね。こんな感じで「五感」＋「第六感」で観察しながら「一物仕立て」の句を作っていくの。さっき「産卵管」という素材が出たので、この素材を使って、「視覚」の句を作ってみようか。

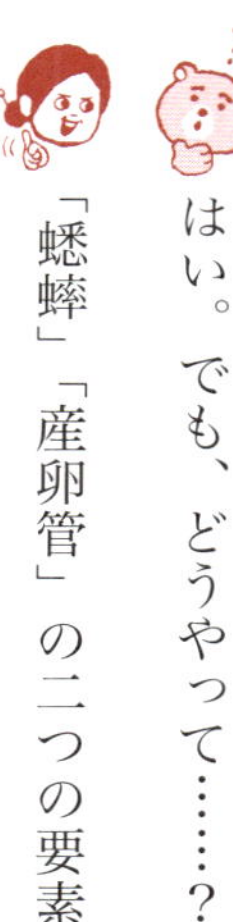

はい。でも、どうやって……？

「蟋蟀」「産卵管」の二つの要素は入れないといけないから、十七音のうち十二音は既にできているよ。「蟋蟀の産卵管が」とか「蟋蟀の産卵管は」といった具合ね。

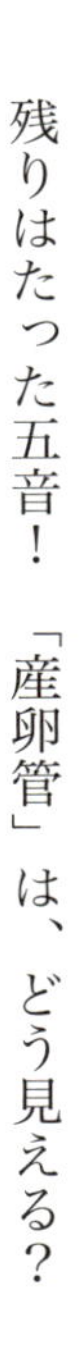

残りはたった五音！　「産卵管」は、どう見える？

刺さったら痛そう……。

それは「第六感」。「視覚」ではないね。そもそも痛そうと思ったのはなぜ？

細くて長い形だからです。

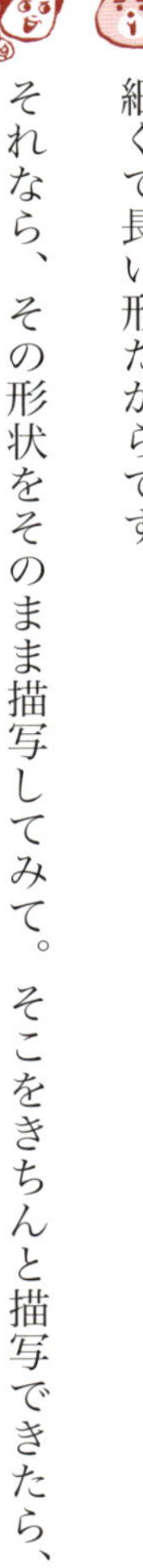

それなら、その形状をそのまま描写してみて。そこをきちんと描写できたら、句を読んだ人が、秘英知さんと同じような感情を抱くことができるの。ここが肝よ。

うーん……。

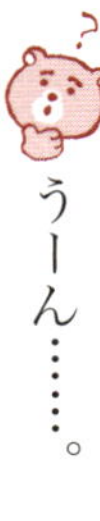

語彙力がないわね（笑）。このままじゃ「蟋蟀の産卵管は細いです」「蟋蟀の産卵管は長いです」になっちゃうよ。

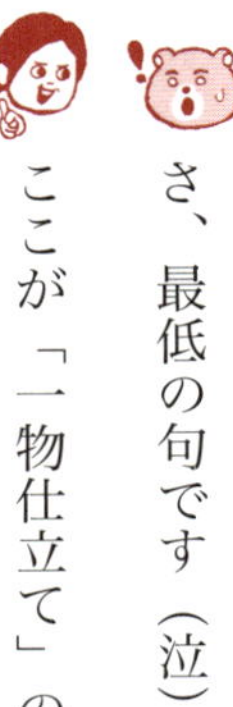

さ、最低の句です（泣）！

ここが「一物仕立て」の難しいところね。描写力がないと句にリアリティーとオリジナリティーがまったく出ないんです。

何も出てきません……（泣）。

ここまでのようね。「一物仕立て」難しいでしょう。

はい……。悔しいです（泣）。「蟋蟀」の実物を観察しないと、オリジナルな発見はできないような気がしてきました。

なんと！　大の虫嫌いが、自らそんなことをいってくれるとは頼もしいね。それじゃあ、宿題を出そう。次回までに、実物の「蟋蟀」を観察してくるように！

は、はい……。この場に来なかったら、逃げたと思ってください……（汗）。

情報収集に出かけよう

――宿題を出されて一カ月後――

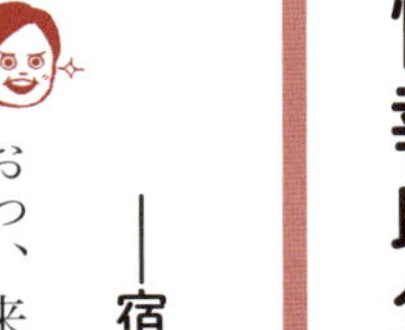

おっ、来てくれたのね！　実物の「蟋蟀」は観察できた？

それは……。あのときは、何も言葉が出てこず、悔しくて、悔しくて……。その場の勢いで「実物を観察しないと、オリジナルな発見はできない」なんて強がりましたが、「実物なんて、やっぱり無理！」と帰り道に頭を抱（かか）えました。観察せずに、適当にごまかして、今回の授業を迎えようかとも……。

あらあら（笑）。

でも、夏井先生が夢に出てくるんです（泣）。「観察できませんでした」と報告したら、夏井先生に大目玉を食らうなと……。

よくわかっているじゃない（笑）。

なので、もうやけです！「どうせなら夏井先生を驚かせてやろう！」と奮起（ふんき）して、「蟋蟀」を家で飼ってみました！

なんと！　まさか大の虫嫌いの秘英知さんが飼うなんて……。すごいじゃない！　どこかに捕（つか）まえにいったの？

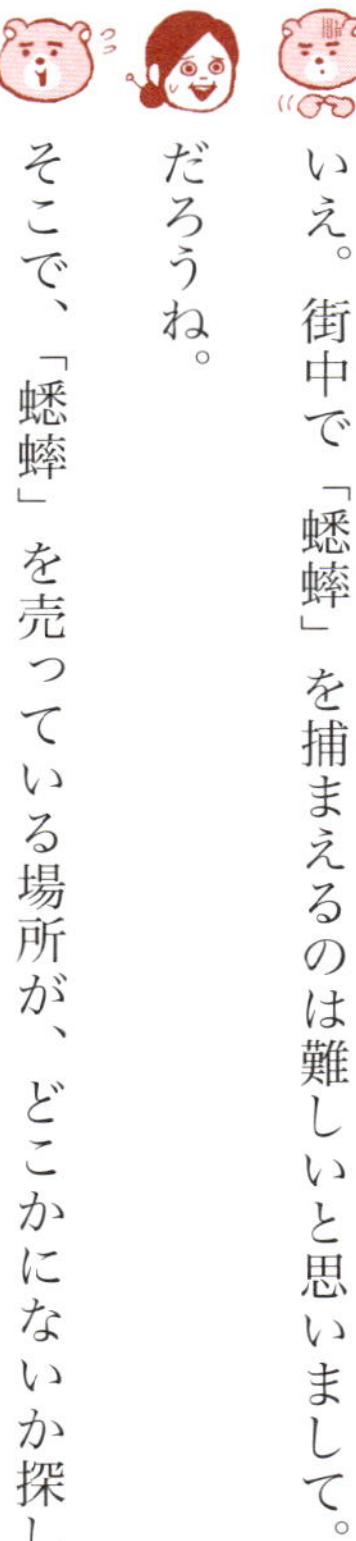

いえ。街中で「蟋蟀」を捕まえるのは難しいと思いまして。

だろうね。

そこで、「蟋蟀」を売っている場所が、どこかにないか探しました。でも、「蟋蟀」は人気がないのか、なかなか見つからず……。

それは困ったね。

はい……。でも、また夏井先生が夢に出てきまして（泣）。「蟋蟀」に取り憑かれたように調べていると、ついに見つけたんです！

おおっ！　どこで？

大型のホームセンターのペットコーナーに、爬虫類(はちゅうるい)の〝餌用(えさよう)〟「蟋蟀」が売っていたんです！

〝餌用〟！　そんな手があったとは……。

お店では、ケースに三百匹(ぴき)位の「蟋蟀」がびっしりうごめいており……。あやうく気を失うところでした。

虫嫌いの人には劇薬ね（笑）。

そうなんです（泣）。しかも、〝餌用〟として売られている「蟋蟀」を〝飼う〟人なんていないのでは……と急に不安になり、店員さんに声をかけられず、店内を徘徊(はいかい)すること一時間。

完全に不審者(ふしんしゃ)だね（笑）。

はい（泣）。言い訳を、ああでもない、こうでもない、と考えて、最終的に「子どもが飼いたいと駄々(だだ)をこねまして……」と嘘(うそ)をついて声をかけました。

かわいい嘘だね（笑）。

店を出てもピンチは続きました。帰りの電車のなかで、リンリン、コロコロ、「蟋蟀」が鳴くんです。他の乗客の方が「あれ、電車なのに虫の声？」みたいな顔で周りをキョロキョロし始め……。

ははは（笑）。

家に帰っても闘いは続きます。お店で「蟋蟀」を持ち帰り用の簡易的な袋に入れてもらったんですが、そこから虫かごに移さなければならず……。両手に何重も手袋をして、泣きながら移しました。

「蟋蟀」も災難ね（笑）。

初日は、虫かごに覆いをして、近づかないようにして……。

せっかく飼ったのに（笑）。

情けない限りです……。でも、しばらくすると、自分でも信じられないのですが、徐々に気持ちに変化が起こってきまして。

おおっ！

よくよく見ると、目がクリッとしていたり、後ろ脚で器用に体をかいたり……。そんな様子を、最初は遠くから、徐々に近づきながら観察していると、苦手意識が薄れていきまして。

すごいじゃない！

それだけではないんです。毎日観察するうちに、「あれ、かわいいかもしれない」と思い始め……。ついに触れるようになったんです！　「俳句には人を変える力がある」という夏井先生の言葉、本当でした！

虫嫌いの軟弱な都会っ子が！　私はうれしいよ……（泣）。

おかげさまで、前回の観察ワークシートにあった「視覚」「触覚」「聴覚」「嗅覚」の四感をフルに使って観察できました。

偉い、偉いよ……（泣）。

この際、「どうせなら夏井先生を、もっと驚かせてやろう！」と思って、残りの「味覚」にも挑戦しました。

ええええっ！　ま、まさか、飼っている蟋蟀を……？

さすがにかわいそうなので、それは無理です（笑）。他に食べられる方法はないかと調べたのですが……。

な、ないでしょ!?　「五感で観察」が基本だけど、当然できない場合もあるからね。そのときは無理しなくていいのよ（汗）。

それがあったんです。

えええっ！　あったの!?

はい！　大阪の通天閣のそばに、なんと「蟋蟀」の〝串カツ〟を出すお店がありました！

串カツ！　行ったの!?

行ってきました！

た、食べたの……!?

はい！　……といいたいのですが、「蟋蟀」は人気商品らしく、まさかの品切れ。「代わりにサソリならあるよ」と勧（すす）められましたが遠慮（えんりょ）しておきました（笑）。

頭がクラクラするよ（笑）。

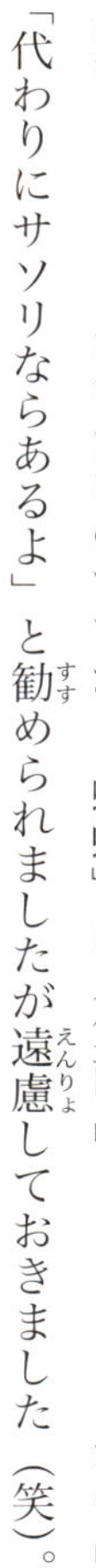

夏井先生を驚かせられて、うれしいです（笑）！　でも、今回の授業は、私が「蟋蟀」を探しまわった話をしただけで、俳句について何も学んでいない気がするのですが大丈夫でしょうか……？

何をいっているの！　俳句において、「現場に立つ」ことほど大切なことはないの。**俳句の題材を求めて出かけることを「吟行（ぎんこう）」**といいますが、今回の体験記は、まさにそのお手本よ。

お、お手本……（照）。

想像でも俳句は作れるけど、実体験にはかないません。まぁ、「吟行」というと「俳句を作らなきゃ」と力んでしまうので「**情報収集**」といったほうが気軽かな。

「情報収集」……。

俳句の題材探しとは考えず、まずは「情報収集」自体を楽しんでほしいの。今回も、当初の目的は「蟋蟀」の観察だったけど、その目的以外にも思わぬ出来事に遭遇したわけでしょ。

冷や汗をかきながら……。

それらすべてが俳句の題材です。「人生で起こるすべてのことが俳句の題材になる」「俳句の題材にならないものは何一つない」なんて考えられたら、人生がより楽しくなるよね。

俳句の力、すごい……。

だから、一時間目で学んだ「三種の神器」のうちの二つ、「ペン」と「メモ用紙」

を常に持ち歩きましょう。特に、すぐに忘れそうなことほど書き留めておく！　そこに俳句の題材がたくさんあるからね。

はい！　夏井先生、せっかく「蟋蟀」を観察したので、「一物仕立て」の句を、自分なりに作ってみたのですが……。次回、披露してもいいでしょうか？

観察だけでなく、もう俳句も作ったの!?　本当に真面目な弟子だね。次回が楽しみで仕方ないよ！

次回までの
宿題

季語を一つ選んで、じっくり観察してみよう

MEMO

観察ワークシート

【季語】

五感

●視覚（どんな色・形？）
●触覚（どんな手触り？）
●味覚（どんな味？）
●聴覚（どんな音？）
●嗅覚（どんなにおい？）

第六感

●連想力（何を連想する？）

8時間目

「一物仕立て」を仕分けしよう

「一物仕立て」には、様々なパターンがある

前回は、ビックリしたよ。「蟋蟀」を食べようとするんだから（笑）。

自分でも驚きました（笑）。俳句の力、すごいですね。

身をもって実感したみたいね。今回は、秘英知さんが「蟋蟀」を観察して作った「一物仕立て」の句を披露してくれるんだよね？　楽しみにしていたよ。

は、はい……。でも、やっぱり自信がなくなってきたので、帰りたいです（泣）。

何をいっているの！　実際に俳句を作っている時点で、既にすごいのよ。

それなら……。一応、「味覚」以外の「四感」＋「第六感」で作ってみましたが、「視覚」の句が一番多くできたので、それを……。次の十句です。

①蟋蟀や後脚縮め尻をかく

②脚先の毛でへばりつく蟋蟀かな

③蟋蟀が愛を叫ぶと体二倍

④尻の毛を凜と繕う蟋蟀かな

⑤蟋蟀の小さき体に五色の茶

⑥蟋蟀の触角ピンと天に伸び

⑦蟋蟀に寄るとビックリ大ジャンプ

⑧蟋蟀や葉穴をあけて顔を出す

⑨蟋蟀の産卵管は体半分

⑩一晩で五匹の蟋蟀糞まみれ

十句も作ったの！　すごいじゃない。さっそく見せてもらおうか。

（ドキドキ）

こ、これは……。

夏井先生が絶句している（泣）！　ヘタすぎて、すみません……。

これは最高の教材ね！

へっ!?　教材ですか……。

決して上手（じょうず）な句とはいえないけど（笑）、「一物仕立て」を詳しく学ぶには最適な教材だよ。すばらしい！

予想外の反応です……。

ほめているのよ（笑）。八時間目は、秘英知さんが作ったこの十句で、「一物仕立て」のパターンについて学びましょう。季語のことだけで俳句を作る「一物仕立て」にも、実は、いろいろな種類があるの。

いろいろですか……？

そう。二時間目に、「〝純粋〟な『一物仕立て』は、俳句全体の三〜四％程度しかない」と伝えたこと、覚えている？

なんとなくですが……。そのとき、「とても少ないな」と思ったんです。……あっ！　ということは、〝純粋〟ではない「一物仕立て」もあるんですか!?

察しがいいね。その通り。さっきの十句のなかには、〝純粋〟な「一物仕立て」の句もあるけど、そうではない句もあるの。今日は、その数％しか存在しない、〝純粋〟な「一物仕立て」を、この十句から探してみましょう。

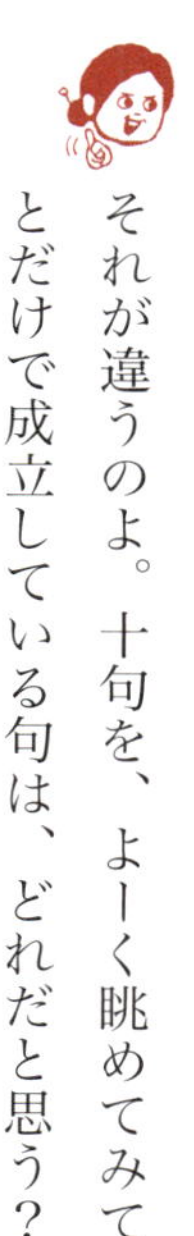

えっ!?　すべて〝純粋〟な「一物仕立て」のつもりで作ったんですが……（汗）。

それが違うのよ。十句を、よーく眺めてみて。上から下まで、すべて「蟋蟀」のことだけで成立している句は、どれだと思う？

〝純粋〟な「一物仕立て」は、どれ？　その一

十句のなかで〝純粋〟な「一物仕立て」ですか。うーん……。

①蟋蟀や後脚縮め尻をかく

②脚先の毛でへばりつく蟋蟀かな

でしょうか？　この二つは、観察したままを俳句にしたつもりですが……。

それじゃあ、逆に、〝純粋〟な「一物仕立て」から一番遠いと思うものは？

③蟋蟀が愛を叫ぶと体二倍

でしょうか……？

なぜ、そう思ったの？

「蟋蟀」が鳴く姿を見て「愛を叫ぶ」と感じたのは、私の勝手な思いが入っているような気がしまして……。

さすが弟子！　確かに「愛を叫ぶ」という表現には、秘英知さん独自の「**比喩**（ひゆ）」や「**感想**」が入っているね。正解です。

（ホッ）

まずは、③「蟋蟀が愛を叫ぶと体二倍」は、〝純粋〟な「一物仕立て」ではないとわかりました。他に違うと思うのは、どれ？

④ 尻の毛を凜と繕う蟋蟀かな

⑤ 蟋蟀の小さき体に五色の茶

も〝純粋〟な「一物仕立て」ではない気がします。

なぜ、そう思うの？

④「尻の毛を凜と繕う蟋蟀かな」は、単に「蟋蟀」は、かゆいだけかもしれないのに、凜と繕っているように感じたのは、私の感想が入っている気がして……。

なるほどね。⑤「蟋蟀の小さき体に五色の茶」は？

「小さき」「五色」「茶」も、私の感覚的なものが大きいと思いまして……。

それじゃあ、④「尻の毛を凜と繕う蟋蟀かな」からいこうか。そもそも、秘英知さんは「尻の毛」といっているけど、あれは「毛」なの？

あっ！　「毛」では……。

ないよね。「毛」のようなもので、「毛」ではない。正式名称があるはずよ。それを「毛」と表現したところに、既に秘英知さんの「**見立て**」が入っているの。「凜と繕う」も、人

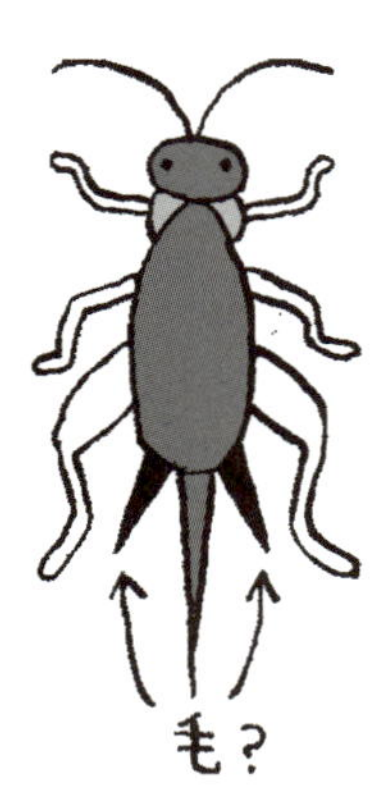

間ではないものを人間にたとえているので、これは「**擬人化**」ね。

なるほど。「見立て」「擬人化」……。

もう一つの、⑤「蟋蟀の小さき体に五色の茶」は、どうかな。「小さき」というのは、秘英知さん独自の見方？

うーん……。多くの人は、「蟋蟀」を見て、小さいと感じる気もしますが。

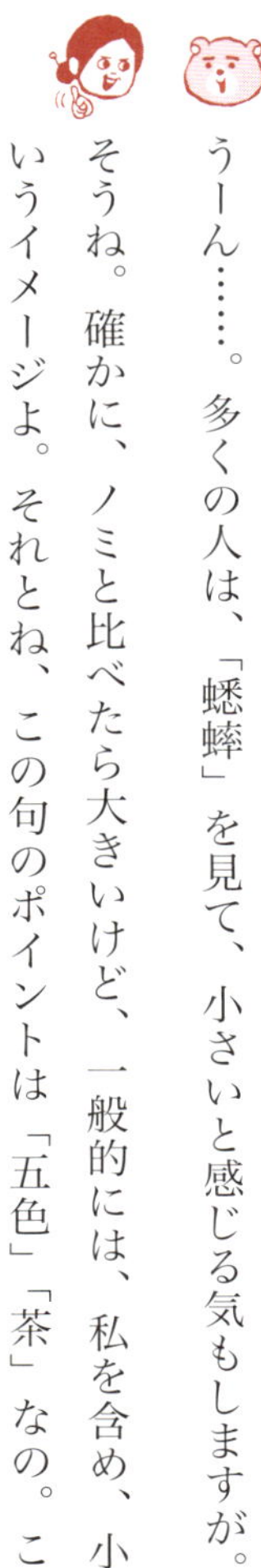

そうね。確かに、ノミと比べたら大きいけど、一般的には、私を含め、小さい虫というイメージよ。それとね、この句のポイントは「五色」「茶」なの。これは、秘英知さんが観察から得た発見よね？

はい。よくよく「蟋蟀」を観察してみると、体の部位で微妙に色が違って、それが五色あるように見えましたので……。

たとえば、秘英知さんが友達に、「五色あるんだよ」と教えてあげたら、「あっ、本当に五色ある！」となるよね。こんなふうに「観察から得た発見」が〝純粋〟な

「一物仕立て」を作り上げるんです。

えっ!? ということは……。

⑤「蟋蟀の小さき体に五色の茶」は、〝純粋〟な「一物仕立て」です。

なんと! これでしたか。

頭のなかで「比喩」「見立て」「擬人化」「感想」などに置き換えないで、「観察から得た発見」だけで成立しているでしょ。これが〝純粋〟な「一物仕立て」の特徴です。まぁ、「小さき」という表現は、ヘタだけどね(笑)。

ヘタ(笑)。なぜ、ダメなのでしょうか……?

五時間目で、句のチェックポイントを学んだよね。「蟋蟀」という季語の「本意」には、既に「小さき」という要素が入っているんです。だから、あえて言葉にする必要はないの。こういう点を、もう少し工夫すれば句の精度は上がっていくよ。

確かに、チェックしていませんでした……。反省です。

それでよし。次回から気をつければＯＫよ。それじゃあ、はじめに秘英知さんが〝純粋〟な「一物仕立て」だと思った、①「蟋蟀や後脚縮め尻をかく」、②「脚先の毛でへばりつく蟋蟀かな」は、どうかな？

あっ！　①「蟋蟀や後脚縮め尻をかく」は「尻をかく」が「擬人化」です。②「脚先の毛でへばりつく蟋蟀かな」は「毛」が「見立て」で、しかも「へばりつく」が「擬人化」ですね。

正解！　わかってきたようね。ただ、「比喩」「見立て」「擬人化」「感想」などがダメなわけじゃな

いからね。今回の授業は、〝純粋〟な「一物仕立て」の見分け方を学んでいるだけだから、そこは間違えないでね。

はい！

いろいろなパターンを知ると、自分が俳句を作るときや、他の人の俳句を鑑賞するときにも、理解が深まって、より楽しめるからね。今日は、そのトレーニングだと思ってください。

わかりました！

この調子で、もう一問いこうか！ ①〜⑤のうち、⑤「蟋蟀の小さき体に五色の茶」だけが〝純粋〟な「一物仕立て」でした。残りの⑥〜⑩のうち、あともう一句、〝純粋〟な「一物仕立て」があるの。それは、どの句だと思う？

〝純粋〟な「一物仕立て」は、どれ？　その二

⑥蟋蟀の触角ピンと天に伸び

⑦蟋蟀に寄るとビックリ大ジャンプ

⑧蟋蟀や葉穴をあけて顔を出す

⑨蟋蟀の産卵管は体半分

⑩一晩で五匹の蟋蟀糞まみれ

この⑥～⑩のなかで、もう一句、〝純粋〟な「一物仕立て」がある……。「比喩」「見立て」「擬人化」「感想」などが一切入っていなくて、「観察から得た発見」だけで成立している句ですよね。さっき学んだことを参考にして、〝純粋〟な「一物

仕立て」ではないものを消去法で消していきたいと思います。

それは、いいやり方ね。

⑥蟋蟀の触角ピンと天に伸び

これは、〝純粋〟な「一物仕立て」ではありません……。（チラチラ）

何、横目でチラチラ私の表情を見ているの（笑）！

はっ！　バレた……（汗）。

自信を持ちなさい（笑）。なぜ、そう思ったの？

「ピンと天に伸び」というのが、「擬人化」かな……と。

なるほど。確かに、その部分には、「擬人化」の要素が少しは入っているけど、この句は、かなり〝純粋〟な「一物仕立て」に近いよ。「触角ピンと天に伸び」は、秘英知さんの「観察から得た発見」でしょ？

はい。そう見えました。

でも、秘英知さんのいう通り、これは〝純粋〟な「一物仕立て」ではないの。もっとわかりやすい大きな理由があるんだけど、わかる？

うーん……。何でしょうか……？

それはね、「天」という「**背景**」が入っている点です。「蟋蟀」に「天」という要素は、もともと入っている？

あっ、入っていないですね。

そう。「蟋蟀」そのものだけでなく、観察の範囲が少しだけ拡がって、「天」が映り込んでいるのね。

⑧蟋蟀や葉穴をあけて顔を出す

それなら、これも「葉穴」という「蟋蟀」以外の要素が入っているので、〝純粋〟

な「一物仕立て」ではありませんね。

飲み込みが早い！　正解です。これにも「葉穴」という「背景」が入っているね。

そうすると……、

⑩一晩で五匹の蟋蟀糞まみれ

これは、「一晩で」に、「蟋蟀」以外の要素が入っています！

その通り。「蟋蟀」そのものにはない「**時間**」という要素が入っているね。

⑦蟋蟀に寄るとビックリ大ジャンプ

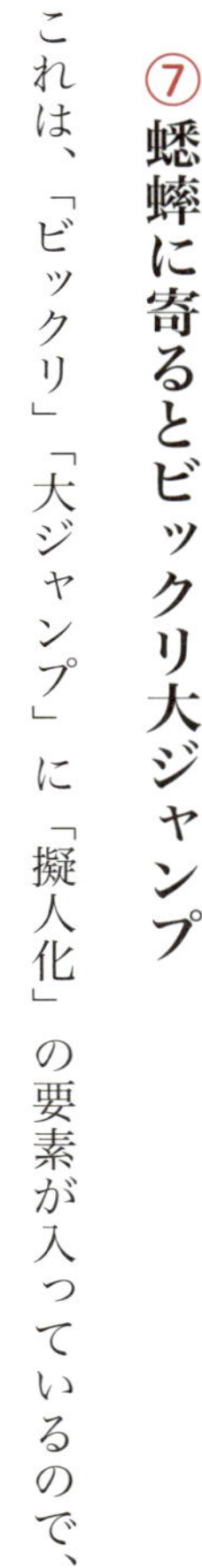

これは、「ビックリ」「大ジャンプ」に「擬人化」の要素が入っているので、〝純粋〟な「一物仕立て」とはいえません！

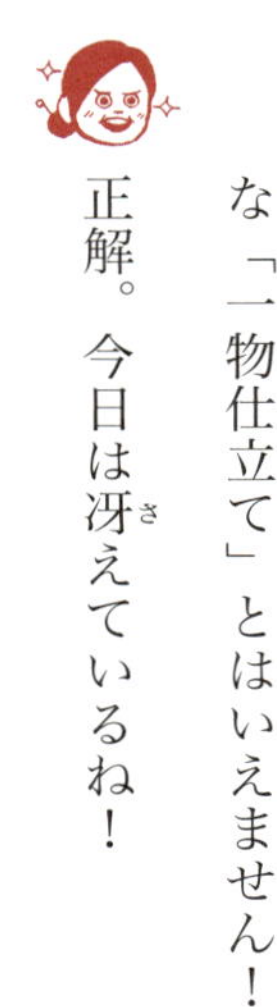

正解。今日は冴えているね！

恐縮です……（照）。夏井先生、ということは、最後に残った、が、〝純粋〟な「一物仕立て」ということでしょうか？

⑨蟋蟀の産卵管は体半分

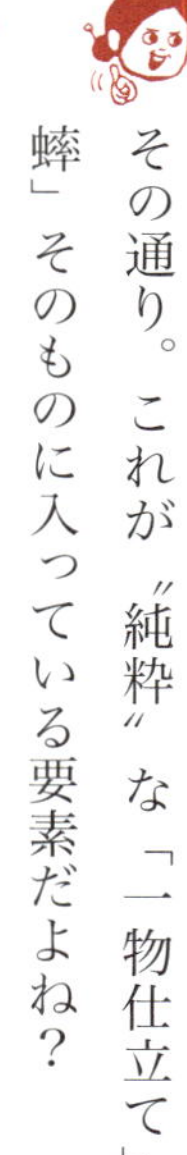

その通り。これが〝純粋〟な「一物仕立て」です。間違いなく、「産卵管」は「蟋蟀」そのものに入っている要素だよね？

はい。入っています。

しかも、「その『産卵管』は、体の半分もある」という、秘英知さんの「観察から得た発見」だけで成立している。こんなふうに、季語を「観察」して、そこから「発見」があって、それをそのまま「写生」する。この「観察」「発見」「写生」の三拍子（さんびょうし）がそろうと、〝純粋〟な「一物仕立て」になるのね。

「一物仕立て」には、本当に、いろいろなパターンがあるんですね。

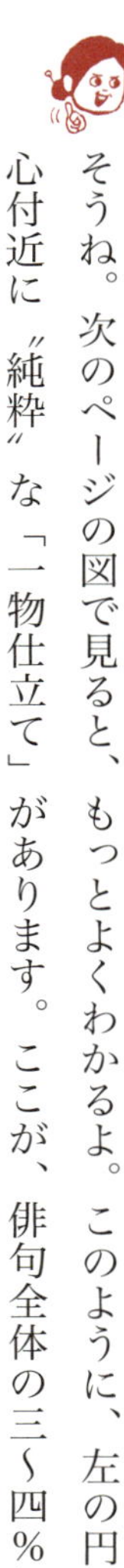

そうね。次のページの図で見ると、もっとよくわかるよ。このように、左の円の中心付近に〝純粋〟な「一物仕立て」があります。ここが、俳句全体の三〜四%ね。

⑤「蟋蟀の小さき体に五色の茶」、⑨「蟋蟀の産卵管は体半分」は、ここですね。

そう。その外側に、「天」「葉穴」などの「背景」や、「一晩で」といった「時間」など、季語の周辺に自然と存在する情報が入った「一物仕立て」があるの。

季語に近い情報が入った句ですね。

さらに、その外側に「尻をかく」「毛」「愛を叫ぶ」「ビックリ大ジャンプ」といった秘英知さん独自の表現が入る「比喩」「見立て」「擬人化」「感想」などの「一物仕立て」が位置します。ここまでが俳句全体の十六〜十七%ね。これらすべての「一物仕立て」を合計すると、俳句全体の約二十%になるといわれています。

なるほど。残りの八十%が「取り合わせ」なんですね。でも、夏井先生、「一物仕立て」と「取り合わせ」が重なっている部分がありますが、これは……？

よく気づいたね。そうなのよ。俳句の世界には、「一物仕立て」のような「取り合わせ」のような、あいまいな句が存在するの。

あいまいな句……？

たとえば、次の句を見て。

ひるがほに電流かよひゐはせぬか

これは、昭和に活躍した女性俳人・三橋(みつはし)鷹女(たかじょ)の句です。内容としては、夏の季語である「ひるがほ」を観察して、「もしかして、『ひるがほ』には、電流が通っているのではないだろうか」とハッと気づいた三橋鷹女の驚きをあらわしています。

16～17%
「比喩」「見立て」「擬人化」「感想」など
「背景」「時間」など

「一物仕立て」20%

「取り合わせ」80%

“純粋”な「一物仕立て」3～4%

あいまいな句

そういう意味なんですね。

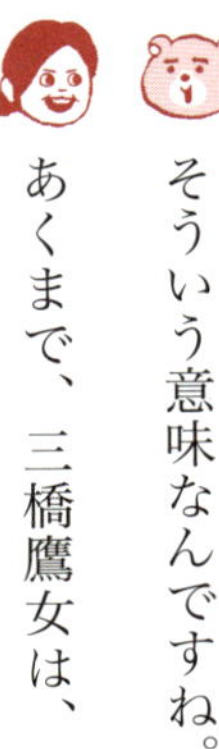

あくまで、三橋鷹女は、「『ひるがほ』という季語を描写したい」、つまり「『一物仕立て』の句を作ろう」と思っているんだけど、そのために「電流」という、「ひるがほ」とは、まったく別の要素を持ち出しているわけね。

確かに、「ひるがほ」と「電流」は、かけ離れていますね。

そう。だから、「ひるがほ」という季語を描写した「一物仕立て」ともいえるし、ここまでかけ離れていると「ひるがほ」と「電流」の「取り合わせ」とも考えられるわけです。こんなふうに、線引きが難しい、あいまいな句が存在するの。

なるほど。確かに、どちらにも取れますね。

そうね。ひとくくりにできない、こんなあいまいな句があることも覚えておきましょう。これから、いろんな俳句に出合うと思うけど、「この句は、どんな技を使っているんだろう？」と分析しながら鑑賞すると、より理解が深まるよ。

わかりました！

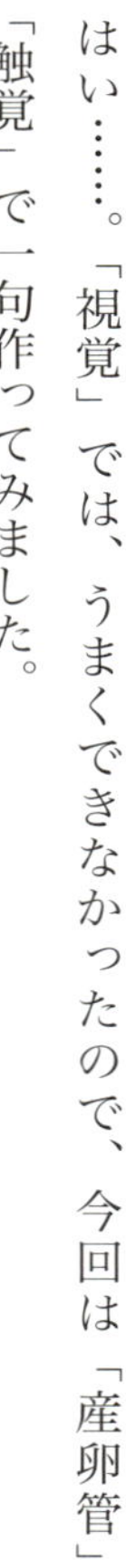

オリジナルな発見が、いい俳句を作る

あっ、夏井先生！　そういえば、前回の授業で、うまく言葉にできず、とても悔しい思いをした「産卵管」を題材にして俳句を作ってみたのですが……。見ていただけますでしょうか？

おっ！　リベンジというわけね。

はい……。「視覚」では、うまくできなかったので、今回は「産卵管」に触れた「触覚」で一句作ってみました。

「産卵管」を触ってみたの!?　すごいじゃない！

はい。その「産卵管」ですが、見た目は硬（かた）そうですが、実際は触るとフニャフニャなんです。

へぇ！　そうなの。

そうなんです。私もビックリしました。

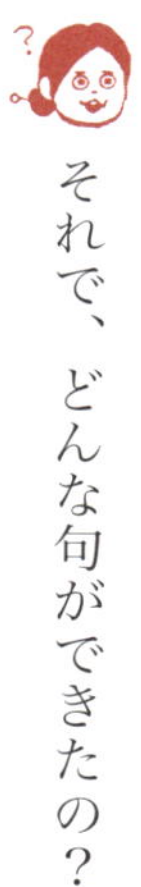
それで、どんな句ができたの？

自信はないのですが……、

蟋蟀の産卵管はしなりけり

へぇ！

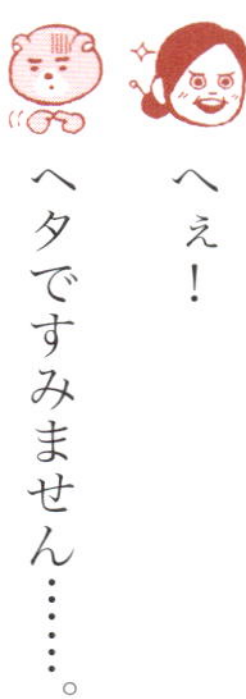
ヘタですみません……。

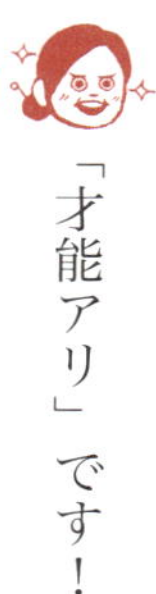
「才能アリ」です！

えっ⁉

「才能アリ」よ！　今までの「一物仕立て」の句のなかで一番いい。

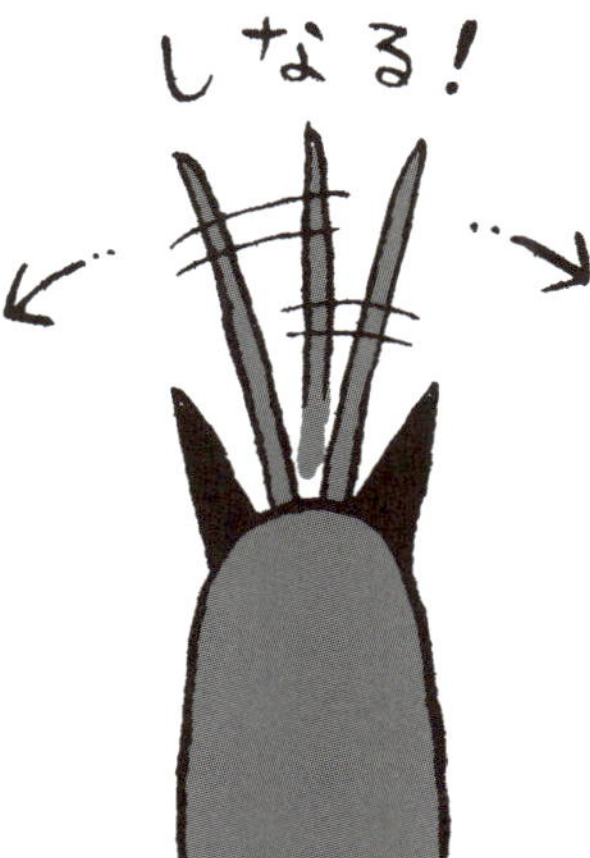

ひょえええええ！

この句は、上から下まで、すべて「蟋蟀」のことだけで成立している〝純粋〟な「一物仕立て」になっているね。しかも、さっき、私、「しなる」と聞いて「へぇ！」って驚いたでしょう。

はい……。

「蟋蟀」を、ただなんとなく観察しても、「蟋蟀」は「蟋蟀」で、何の発見もないの。でも、さっきのように、第三者に「へぇ！」と思わせる句もある。ここに〝純粋〟な「一物仕立て」の存在価値があるの。「産卵管がしなる」というのは、多くの人は知らないことです。まさに、「触覚」という観察から得た、秘英知さんのオリジナルな発見ね！

う、うれしいです！

しかも、六時間目で学んだ「けり」の使い方もバッチリね。「産卵管」は、過去から今に至るまで、ずっと存在していて、しなっていたわけです。秘英知さんは、触ることで、その事実にハッと気づいたわけよね。だから、今まで気づいていなかったことにハッと気づいたときの驚きをあらわす「けり」で正しいんです。

よかった……。まさか「一物仕立て」でも「才能アリ」をいただけるとは！

秘英知さんが、一所懸命、「蟋蟀」を観察したからよ。おめでとう！

次回までの
宿題

「一物仕立て」を十句作ってみよう

MEMO

最後の授業

句会に出てみよう

俳句仲間を増やそう

これまでの授業で、俳句の二つの技、「取り合わせ」と「一物仕立て」を学んで、秘英知さん、すっかり成長したね。

ありがとうございます。ますます俳句が楽しくなってきました。ついつい癖で、指を折りながら、五音と七音の言葉を探してしまいます。

俳人の性（さが）ね。さて、今日は、秘英知さんに、伝えなければならないことがあるの。

あらたまって、何でしょうか……？

（まっすぐ目を見て）実はね、私との授業、今回で最後なの。

えっ……!!!

これまで一緒に学んできて、俳句の「は」の字も知らない超初心者の秘英知さんが、一人で俳句を作れるようになったよね。この授業の目的は、ひとまず達成できたので、ここで、ひと区切りをつけたいと思います。

……い、嫌です！　夏井先生がいないと不安です（泣）。

秘英知さんなら、もう一人でも大丈夫よ。

そんなことないです（泣）！　俳句を作れるようになったといっても、それは夏井先生のアメとムチ、あっ、いや、愛のあるご指導があったからこそです。

アメとムチ（笑）。泣かないの。秘英知さんは、もう、いっぱしの俳人よ。秘英知さんが思っている以上に、秘英知さんは成長しています。これから、もっと深く俳句を勉強していくときも秘英知さんなら大丈夫！

そ、そんな……。さびしいです（泣）。

私もだよ。でもね、ありがとう。俳句を、ここまで基礎の基礎から丁寧に教えたこ

とはなかったから、私も勉強になったよ。それに、「俳句のタネまき」活動をしてきた私にとって、俳句仲間が増えることは、何よりの喜びです。特に、秘英知さんのような若い人が俳句に興味を持ってくれると、うれしくて、うれしくて……。

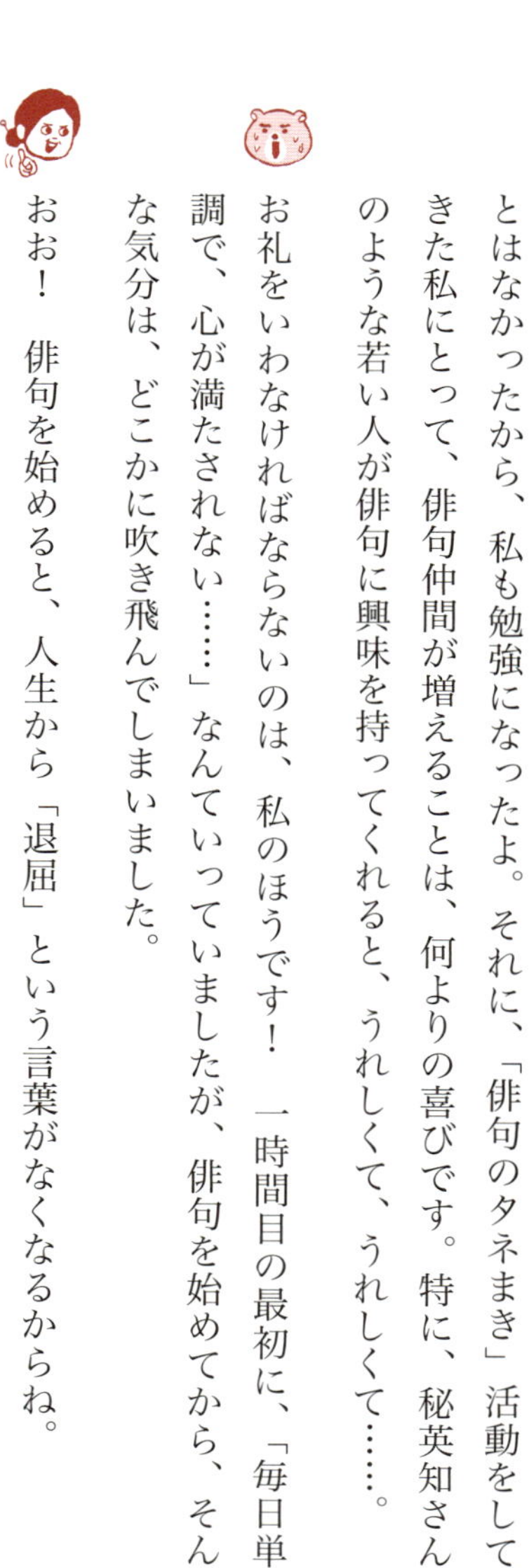

お礼をいわなければならないのは、私のほうです！　一時間目の最初に、「毎日単調で、心が満たされない……」なんていっていましたが、俳句を始めてから、そんな気分は、どこかに吹き飛んでしまいました。

おお！　俳句を始めると、人生から「退屈」という言葉がなくなるからね。

本当に、そうですね！　それに、イライラすることや面倒(めんどう)くさいことがあっても、「また一つ、『俳句のタネ』をゲットできた」と思えるようになって、嫌な気持ちを引きずらなくなりました。

すばらしい！　俳句の力を実感しているね。

はい！

俳句の力を知ったなら、ぜひ、今度は、秘英知さんが誰かを誘ってみてください。「俳句のタネまき」活動を一緒にやりましょう。

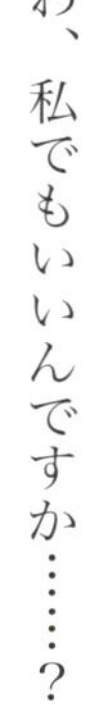
わ、私でもいいんですか……？

もちろんよ。

こ、光栄です！

やっと笑顔になったね。それじゃあ、最後の授業を始めようか。今日は、秘英知さんが、これから独り立ちするにあたって、もっと深く、楽しく、俳句を学んでいくための三つのアドバイスを伝授しておきます。最後までビシビシいくよ！

は、はいっ！

俳句上達の三つのヒント

まず、一つ目のアドバイスは、「**俳句の型を増やす**」ということです。これまでの授業で、「尻から俳句」「十二音日記」という「取り合わせ」の基本の型を学んだけど、俳句の世界には、もっとたくさんの型があるの。これから秘英知さんが俳句を続けていくと、「新しい型を知りたい」と思うときがくるはずよ。

確かに、知りたいです。ど素人の私でも、型を知って、その手順通りに進めれば、簡単に俳句を作れましたので。

そんなときには、『新版 20週俳句入門』（藤田湘子著・KADOKAWA）という本を、まずは読んでみてください。この授業では紹介できなかった、少しだけレベルの高い「取り合わせ」の型が、いくつか載っています。

私に理解できるでしょうか……？

大丈夫。俳句のことを何も知らない超初心者の人には、少し難しい内容ではあるんだけど、今の秘英知さんなら十分に理解できるはず。私も俳句を始めた頃に、この本を何度も読んで勉強したよ。俳句入門のバイブルといえる本ね。

夏井先生も、この本で！　わかりました。読んでみます。

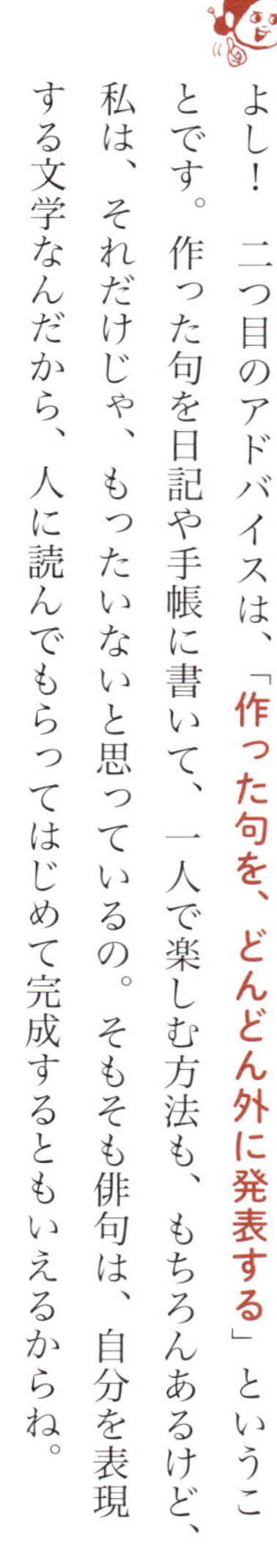

よし！　二つ目のアドバイスは、「**作った句を、どんどん外に発表する**」ということです。作った句を日記や手帳に書いて、一人で楽しむ方法も、もちろんあるけど、私は、それだけじゃ、もったいないと思っているの。そもそも俳句は、自分を表現する文学なんだから、人に読んでもらってはじめて完成するともいえるからね。

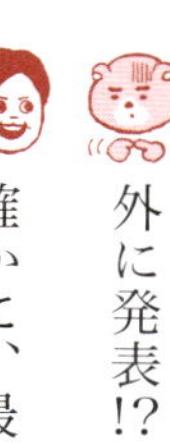

外に発表!?　人に見られるのは、恥ずかしいです……。

確かに、最初は恥ずかしいよね。でもね、自分の句が、他の人に、どう見られるのかを知ることは、技術を磨くうえで、とても大切なことよ。だから、勇気を出して、作った句は、どんどん発表していきましょう。

は、はい……。ちなみに、どんな発表の場があるのでしょうか？

たとえば、気軽なものだと、新聞や雑誌の俳句欄(らん)に投稿してみてもいいね。無料で投稿できる俳句サイト「俳句ポスト３６５」なんてのもあるよ。この他にも、探せば、発表する場は、たくさんあります。

わかりました。探してみます。

それでよし！　加えて、勇気を出して、句会に参加してみましょう。

わ、私が句会に!?

そう。現在、日本全国には、たくさんの俳句結社があります。最近ではホームページがあるところ

俳句ポスト 365

https://haikutown.jp/post/

松山市が運営する俳句の投句サイト。隔週でお題を設定し、夏井いつきが優秀作を選び、結果をコメントつきでホームページ上で発表する。365日 24 時間、いつでも、誰でも、どこからでも、無料で投句ができる。

も多いので、調べてみるのもありね。

（インターネットで検索中）本当だ。たくさん出てきますね。

いずれにしても、主宰者（しゅさいしゃ）の俳句の雰囲気、句柄（くがら）っていうんだけど、それをじっくり確認して、そのうえで結社の会員になるかどうかを決めてね。

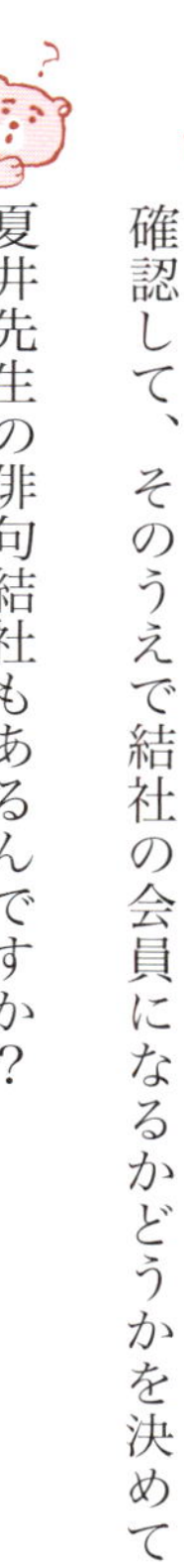

夏井先生の俳句結社もあるんですか？

私はね、結社という組織ではなくて、俳句集団「いつき組」という団体を作って、組長を名乗っているの。

く、くみちょう!!!

怖い組織じゃないよ（笑）。組員になるための資格や組員名簿なんかもなくて、垣根がまったくない集まりです。さっきいった「俳句のタネまき」活動に賛同してくれた人たちが集まって、俳句を楽しんでいます。もし入りたいと思ったら、その瞬間から「いつき組」を名乗ってもらって大丈夫よ。

そ、それじゃあ、私も！

ありがとう。この瞬間から、秘英知さんも「いつき組」の一員です。

あらためて、よろしくお願いします（笑）。

よろしくね（笑）。他にね、私は、全国各地で「句会ライブ」っていう、大勢の人が同時に楽しめる句会もやっています。句会は少人数でやることが多いんだけど、この句会ライブでは、多いときには千人規模でワイワイガヤガヤやるの。

そんなに大人数で！　それなら参加しやすそうです。

そうね。秘英知さんのように「ちょっと恥ずかしいな」「一人で行くには、勇気がいるな」って人も、気軽に参加してもらえると思います。左のホームページで、句会ライブはじめ、いろいろな俳句の情報を発信しているので、のぞいてみてください。宣伝になって申し訳ないけど（笑）。

いえいえ（笑）。のぞいてみます。

そして、最後、三つ目のアドバイスが、**「できるだけ毎日俳句を作る」**ということです。理論や理屈を学ぶことも大切だけど、とにかく実際に作ることが、俳句上達の一番の近道です。数を作ることで、見えてくることがあるからね。

毎日……。なかなかハードルが高いですね（汗）。

一日一句が難しければ、週末を俳句デーにして七句まとめてでもＯＫ。日頃から、メモ用紙に「俳句のタネ」になりそうなことを書き留めておけば、情報の蓄積ができて、あまり時間をかけずに、俳句を作れるようになるよ。

なるほど。自分なりに工夫して作ってみます！

それでよし！　以上が、これから独り立ちする秘

株式会社 夏井＆カンパニー

https://www.natsui-company.com/

夏井いつきの「いつき組日誌」

http://natsui-and-co.jugem.jp/

句会ライブなどのイベントをはじめ、
俳句に関する様々な情報を発信している。

英知さんへの、はなむけのアドバイスでした。これで、私の授業は、すべて終わり！　これから、ますます俳句を楽しんでいこうね。どこかの句会で会いましょう。

はい！　夏井先生、本当にありがとうございました。

巻末付録

五音の季語集

便利な五音の季語を集めました。
意味がわからない場合は、
歳時記で確認しましょう。

春

●時候

冴返る（さえかえる）
夏近し
春暑し（あつ）
春惜しむ（お）
春寒し
春の朝
春の暮（くれ）
春の昼
春の夕
春の宵（よい）
春の夜
春深し

●天文

朧月（おぼろづき）
風光る（かぜひかる）
花曇（はなぐもり）
花の雨
春の雨
春の雲
春の霜（しも）
春の虹（にじ）
春の雪
春の雷（らい）
春夕焼（はるゆやけ）

●地理

残る雪
春の海
春の川
春の土
春の泥（どろ）
春の波
水温む（みずぬる）
山笑う（やまわら）

●人事

磯遊び（いそあそ）
風車（かざぐるま）
桜餅（さくらもち）
シャボン玉
花衣（はなごろも）
春愁（はるうれい）
春祭（はるまつり）
雛祭（ひなまつり）

●動物

桜貝
燕の巣（つばめ・す）
鳥の恋
猫の恋（ねこ）

●植物

梅の花
木の芽風（こ・め・かぜ）
チューリップ
散る桜
つくしんぼ
葱坊主（ねぎぼうず）
初桜
春の草
ヒヤシンス
ふきのとう
桃の花

●時候

夏終わる
夏の朝
夏の昼
夏の夕
夏の宵（よい）
夏の夜
熱帯夜（ねったいや）
麦の秋

●天文

青嵐（あおあらし）
油照（あぶらでり）
炎天下（えんてんか）
大西日（おおにしび）
風薫る（かぜかおる）
雲の峰（みね）
五月晴（さつきばれ）
梅雨曇（つゆぐもり）
夏の雨
夏の雲
夏の空
夏の月
夏の星
夏日影（なつひかげ）
日の盛（ひのさかり）
南風（みなみかぜ）

●地理

青田風（あおたかぜ）
土用波（どようなみ）
夏の海
夏の川

●人事

かき氷（ごおり）
鯉幟（こいのぼり）
子供の日
サングラス
扇風機（せんぷうき）
ソーダ水
夏休み

●動物

油蝉（あぶらぜみ）
雨蛙（あまがえる）
蝸牛（かたつむり）
甲虫（かぶとむし）
蝉時雨（せみしぐれ）
燕の子（つばめ）
夏の蝶（ちょう）
熱帯魚（ねったいぎょ）
ひき蛙（がえる）

●植物

青りんご
アマリリス
草茂る（くさしげ）
さくらんぼ
月見草（つきみそう）
夏木立（なつこだち）
夏の草
花菖蒲（はなしょうぶ）
ラベンダー
若葉風（わかばかぜ）

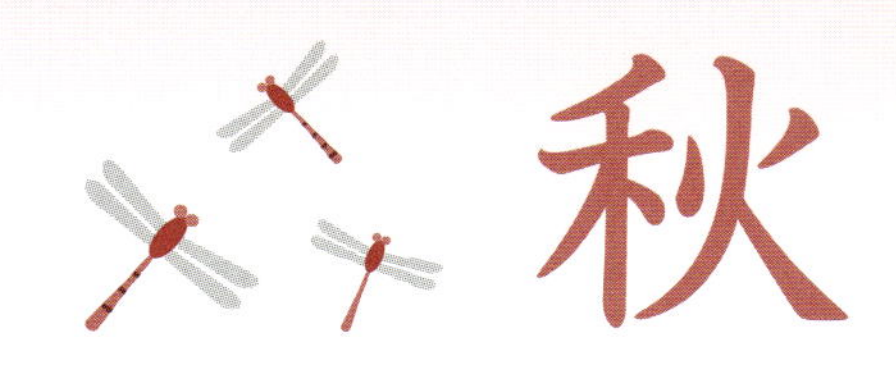

秋

●時候

秋暑(あつ)し
秋麗(あきうらら)
秋惜(あきお)しむ
秋涼(あきすず)し
秋の朝
秋の暮(くれ)
秋の昼
秋の宵(よい)
秋彼岸(あきひがん)
秋深し
そぞろ寒(ざむ)
冬隣(ふゆどなり)

●天文

秋の雨
秋の風
秋の雲
秋の空
秋の雷(らい)
天の川
稲光(いなびかり)
鰯雲(いわしぐも)
天高(てんたか)し
流れ星
星月夜(ほしづきよ)
夕月夜(ゆうづきよ)

●地理

秋出水(あきでみず)
秋の海
秋の川
秋の庭
秋の水
秋の山
花畑

●人事

秋さびし
秋祭
魂祭(たままつり)
月見酒(つきみざけ)
文化の日
星祭
盆休(ぼんやす)み
紅葉狩(もみじがり)

●動物

赤蜻蛉(あかとんぼ)
秋燕(あきつばめ)
秋の蝉(せみ)
秋の蝶(ちょう)
稲雀(いなすずめ)
虫の声
渡(わた)り鳥

●植物

青蜜柑(あおみかん)
銀杏(いちょう)散(ち)る
草の花
木(こ)の実(み)落(お)つ
初紅葉(はつもみじ)
鳳仙花(ほうせんか)
曼珠沙華(まんじゅしゃげ)
山葡萄(やまぶどう)

冬

● 時候

年の暮（くれ）
春隣（はるどなり）
冬ざるる
冬ぬくし
冬の朝
冬の暮（くれ）
冬の昼
冬の宵（よい）
冬の夜
冬深し

● 天文

空っ風（からっかぜ）
寒昴（かんすばる）
冬麗（ふゆうらら）
冬の雨
冬の風
冬の雲
冬の空
冬の月
冬の星
冬の雷（らい）
雪催（ゆきもよい）

● 地理

霜柱（しもばしら）
滝凍る（たきこおる）
氷点下（ひょうてんか）
冬の海
冬の川
冬の山
山眠る（やまねむる）
雪景色（ゆきげしき）

● 人事

息白し
落葉焚（おちばたき）
クリスマス
七五三
除夜の鐘（じょやのかね）
隙間風（すきまかぜ）
日向ぼこ（ひなたぼこ）
冬籠（ふゆごもり）
冬休み

● 動物

雪達磨（ゆきだるま）
冬鴎（ふゆかもめ）
冬の蝶（ちょう）
冬の鳥
冬の蠅（はえ）

● 植物

帰り花
枯尾花（かれおばな）
寒椿（かんつばき）
冬木立（ふゆこだち）
冬の草
冬林檎（ふゆりんご）
紅葉散る（もみじちる）

新年

● 時候

お正月
松の内

● 天文

初日の出

● 地理

初景色（はつげしき）

● 人事

お年玉
鏡餅（かがみもち）
年賀状（ねんがじょう）
初詣（はつもうで）

● 植物

福寿草（ふくじゅそう）

おわりに

素直であることが、学びの近道

現れたのは、スーツにネクタイをきっちり締めた、いかにも真面目そうな青年でした。月刊誌『ＰＨＰ』にて、読者の代表として俳句作りを体験し、それを連載記事にしたいというのです（本書は、その連載を加筆・修正したものです）。

「俳句のことを何一つ知らない私でも、できるでしょうか」

俳句の知識がゼロの人に、俳句の作り方や楽しさを伝えるのが私の仕事だから、「大丈夫だよ」と答えたものの、イマドキの子にしては、真面目すぎるほど真面目な印象。「ちょっと頭がカタイかも？」と思ったことも、今だからこそ正直に告白しておきます。自分の俳号を「秘英知（ぴーえいち）」と決めるほど仕事が好きでたまらない青年との一対一の授業は、予想に反して、回を重ねるごとに楽しくなっていきました。

秘英知くんとの授業を通して、強く思ったことが一つあります。それは、俳句における「学び」の近道があるとすれば「素直であること」かもしれない、ということです。柔道や剣道のように型があり、職人さんが弟子に伝えていくように技法を学ぶのが俳句という文芸。まずは先達(せんだつ)のいうことを聞いて、その通りに素直にやってみる。長年培(つちか)ってきた定石や技術を謙虚に知ろうとする。その学びが俳人としての土台となり地力となっていくのだと、あらためて認識しました。

世の中には、「型だの技法だのは無視していいのだ！」「すべての表現は自由であるべきだ！」と主張する向きもあるでしょうし、そのような考え方を否定するつもりもありませんが、それらはしっかりと基礎を身につけた後の議論ではないかと思うのです。まずは「素直に学ぶ」。これが、初心者にとっての学びの近道なのだと、秘英知くんは本企画を通して、身体を張って教えてくれました。

夏井いつきの俳句入門的著作において、『夏井いつきの世界一わかりやすい俳句の授業』は、「実際に俳句を始めたい！」と思っている人向きの一冊です。今後も以下の構想に沿って、各社の協力のもと執筆を進めています。

①俳句前夜本
②俳句入門本　『夏井いつきの世界一わかりやすい俳句の授業』（ＰＨＰ研究所）
③俳句中級本
④俳句上級本

②が、まさにこの本。まずは基本をしっかりと独学するための一冊。ここから俳句作りがスタートします。

①は、ちょっと笑えるほど素朴(そぼく)すぎる疑問に答えるもの、たとえば「俳句って『五・七・五』でしたっけ？」「筆で書くのか？」「着物持ってないけど大丈夫？」みたいな疑問に答える一冊。③は、例句を使って、さらに詳しい技法を解説。④についても、どんな形にしようかと構想を練っています。

俳句を学び始めると、季語に関するさまざまな雑学に興味が湧(わ)き始めます。何を見ても、何を聞いても、好奇心がぐるぐる動き出します。人は、学ぶことを楽しめる生き物なのだと実感できるようになります。季語の海を泳ぎ、季語の森を歩いているのが、私たちの生活なのだと知ると、生きていることそのものがキラキラしてきます。

ちょっと生真面目な好青年、秘英知くんの変化は、まさに、みなさんの身に訪れる変化でもあります。この一冊を学びの友として、ぜひとも俳句の奥の近道を歩き出しください。そして、共に句座（くざ）を囲める日が来ますことを、楽しみに待っています。

俳句集団「いつき組」組長
夏井いつき

〈著者略歴〉
夏井いつき（なつい　いつき）
1957年、愛媛県生まれ。8年間の中学校国語教諭経験を経て俳人に転身。俳句集団「いつき組」組長。創作執筆に加え、句会ライブなど「俳句のタネまき」活動を積極的に行なう。また、全国高等学校俳句選手権大会「俳句甲子園」の創設に関わる。「プレバト!!」（MBS／TBS系）をはじめ、テレビ・ラジオ・雑誌・新聞・webなどの各メディアで活躍。2015年から俳都松山大使を務める。

本書は月刊誌『PHP』の連載「夏井いつきの今日から俳句を始めよう！」（2017年8月号～2018年7月号）を加筆・修正し、書籍化したものです。

装丁：市川さつき［ISSHIKI］
本文デザイン・DTP／徳永裕美［ISSHIKI］
写真：御厨慎一郎
編集協力：八鍬加容子
イラスト：伊藤ハムスター
着付け：宮澤 愛
ヘアメイク：一條純子

夏井いつきの世界一わかりやすい俳句の授業

2018年8月1日　第1版第1刷発行
2024年5月9日　第1版第23刷発行

著　者　夏井いつき
発行者　永田貴之
発行所　株式会社PHP研究所
東京本部　〒135-8137　江東区豊洲5-6-52
ビジネス・教養出版部　☎03-3520-9615（編集）
普及部　☎03-3520-9630（販売）
京都本部　〒601-8411　京都市南区西九条北ノ内町11
PHP INTERFACE　https://www.php.co.jp/
組　版　株式会社デジカル
印刷所　株式会社精興社
製本所　株式会社大進堂

ISBN978-4-569-84096-3